寫給永恆的戀人手記。

七等生

【出版前言】

削瘦卻獨特的靈魂

生命裡不免會有令人感到格格不入的時候，彷彿趔趄著從一眾和自己不同方向的人羣中穿行而過。然而如果那與己相逆的竟是一個時代、甚至是一整個世界，這時又該如何自處？一生以叛逆而前衛的文學藝術屹立於世間浪潮的七等生，就是這樣一位與時代潮流相悖的逆行者。他的創作曾為他所身處的世代帶來巨大的震撼、驚詫、迷惑與躁動，而那也正是世界帶給他孤獨、隔絕和疏離的劇烈迴響。如今這抹削瘦卻獨特的靈魂已離我們遠去，但他的小說仍兀自鳴放著它獨有的聲部與旋律。

該怎麼具體描繪七等生的與眾不同？或許可以從其投身創作的時空窺知一二。在他首度發表作品的一九六二年，正是總體社會一意呼應來自威權的集體意識，甚且連文藝創作都被指導必須帶有「戰鬪意味」的滯悶年代。而七等生初登文壇即以刻意違拗的語法，和一個個讓人眩惑、迷離的故事，展現出強烈的個人色彩與自我內在精神。成為當時一片同調的呼聲中，唯一與眾聲迥異的孤鳴者。

也或許因為這樣，讓七等生的作品一直背負著兩極化的評價；好之者稱其拆穿了當時社會表象的虛偽和黑暗面，凸顯出人們在現代文明中的生存困境。惡之者則謂其作品充斥著虛無頹廢的個人主義，乃至於「墮落」、「悖德」云云。然而無論是他故事裡那些孤獨、離羣的邊緣人物，甚或小說語言上對傳統中文書寫的乖違與變造，其實都是意欲脫出既有的社會規範和框架，並且有意識地主動選擇對世界疏離。在那個時代發出這樣的鳴聲，毋寧是一種挑釁，也無怪乎有的人視之為某種異端。另一方面，七等生和他的小說所具備的特殊音色，也不斷在更多後來的讀者之間傳遞、蔓延；那些當時不被接受和瞭解的，後來都成為他超越時代的證明。

儘管小說家此刻已然遠行，但是透過他的文字，我們或許終於能夠再更接近他一點。印刻文學極其有幸承往者意志，進行「七等生全集」的編輯工作，為七等生的小說、詩、散文等畢生創作做最完整的彙集與整理；作品按其寫作年代加以排列，以凸顯其思維與創作軌跡。同時輯錄作者生平重要事件年表，期望藉由作品與生平的並置，讓未來的讀者能瞭解台灣曾經有像七等生如此前衛的小說家，並藉此銘記台灣文學史上最秀異特出的一道風景。

2000年，七等生於自家彈奏琵琶

1991年《兩種文體——阿平之死》，圓神

目錄

致愛書簡

請你耐心地傾聽，也許我不能用最簡潔的語言，甚至不足氣力把它說完，對於現在觸引我想說出的，我的許多遭遇之中的一節，不僅使我多麼以為和嚮往畫家 Marc Chagaall 離開了那使他痛恨又懷念的俄羅斯家鄉的幸運。你應瞭解我的生活充滿了我正要說出來的遭遇，我的性格使我與這種腐蝕我的心靈的不合理制度連結在一起，而升起抗衡的情緒。我是如此單薄孤獨，沒有一絲旁的助力，能使我鼓足勇氣堅持我的立場，因此就陷於顫抖和氣憤，使我的情緒升達到無比的複雜的悲哀。我的幻想無止境地朝著生命的哀愁擴展，我需要（在現實中無助力的情況）愛情的撫慰，並且是所求最為無條件的溫柔的服侍，讓怯懦的身心得到安寧。

我如要把它說出來，便需把細屑的情節一一道出。我有這傾吐的欲意，卻發現沒有表達的力量；就像在現實中，沒有任何人站在我的一邊。這提醒我，即使我用最無誤的文字寫實出來，也不會感動距離甚遠的你。所以我徘徊在要與不要之間，我感到無比的痛苦。唯一的希望是，當事情在我身上發生時，你站在我的身旁觀睹，即使你不能在當時插進一句話緩和事態，也能在事後讓我坐下來，為我倒一杯安頓作用的酒，且慢慢地用你的能力，使我對你感到愉悅，而暫時忘懷那遭遇的無情打擊的挫敗事實。做為一位現代文學的寫作者的我啊，早就卑視那浮表的事件的記述的不能共鳴的事實，這使得我必須把心靈演化成形式，用幻想做內容直接來感應你，當你接住我的傳播的感應時，能使你從我的幻想再恢復到現實，那麼你看到的將不是發生在我身上的單獨的特殊遭遇，而是生命的你也同樣會遇到的普遍事實。藝術藉形式傳達，以便使你也發現你的心靈的滄桑；而我，本是一個拙笨又不幸的人，卻轉變成為單薄孤獨的你的支持者；我由弱化勇，只因我們同處在生命之中。但是我自私的希冀並沒有達到，對於在觀念裡相愛的我們而言，我們並不真的在一起，我不能獲得你親手的撫慰，我在火熱中成為一個寫作的藝術家，揭露我的心靈在這天地間。

相愛與瞭解而不能在一起，我不能相信這是真實。我們是相互陌生才合乎邏輯和實情。那麼讓我有勇氣嘗試說出那遭遇的事實的一個小片段，像新聞報導一樣地直接說出來，不要讓詩情做為橫阻我申述的理由；但是我已在過去的歲月發表了許多寓言，我已經習於如此表達，我在過去的時光中沉默而孤獨地活在現實裡，我似乎無勇氣站起來在公眾之前說話一樣，我萬不能把事實經過洩漏一點點。讓我活著成為一個自封的寫作的藝術家罷；這個變態已經替代了我的身軀；我的真我就是一個寫作的藝術家。但我還是多麼祈望愛情的可能，即使要我放棄擁有一個寫作的藝術家的名銜的虛榮，我寧擇現實中的愛和溫飽的生活，就像一個僧人多麼欲望再恢復為俗世人，就像一個涉急流的人多麼希冀彼岸有一隻伸出來攙扶的手。我生存一日，便對這種愛情的企望永不斷念。

我對盼顧的愛情的信約是銘刻在心裡，它不能撕毀和磨損，它隨時日的長久而越來越擴大，像刀刻在幼枝上的創傷，在樹的成長中變成浮凸顯明的記號。我唯一的喜悅，就是有一天你的到來，當你看到記號而記起我們的邂逅，我將從植物的冥頑轉化為鳥的鳴唱。請你相信罷，沒有愛情，人類的心靈將日漸枯褪而消失。我是為我的自私呼求你，但這不外乎是自私的人類在呼求他們的人類嗎？違抗社會是我的痛苦淵源嗎？誰是正確分析我和透視我的作品的人？是一位姓雷的聰明而才智的人嗎？我在前面已經說過了，我的遭遇是我成為寫作的藝術家的激情的刺針，我對愛情的願望才是我的痛苦的全部內容。我要自命為寫作的藝術家，那就是我對我所追求的事物的一本無知，就像為幻想而無知地航向美洲的哥倫布。這不能是人人嘲笑我的理由；請認清事實的真相罷，這也不是虛榮，這是發自我內心的使命；因為我對這宇宙世界的無知，對神的無知，成為自迫性的冒險，是值得令人同情的；請讓我為這使命而知覺我的生命的存在罷。

也讓我在這盲目和黑漆中知覺我的航行的神聖為唯一的報酬罷。在這不能預料未來的茫然日子裡，孤單產生了恐懼和怯懦，因為凡有過航行的只見其行跡卻不知結果如何，我也不能逃過這注定的命運。而我正處在即將同趨一途的無痕消失中的自知裡過日子，我等待那一刻的到來，恐懼浩瀚得整個淹蓋了我的神聖使命；我在無助中有時陷於迷信的陷阱，有時走入混亂的歧途，有時受到逃避的引誘；恐懼成為我緩慢自毀的疾病，但我相信愛情是治它的藥石。

讓我說清楚罷。而你也會以為我只不過想用這種理由容易的獲得愛。我越迫切祈求愛情救我，給我力量，我會在最後變成只有依賴。我如此智昏，已經不能說清楚我自己而陷於前後矛盾。就在此刻結束罷，自言自語像一隻徘徊森林上空的鳥，是不會尋求得到任何的同情和諒解，人們將會因我無條理而騷擾人的文字而進一步反對我。你也顯露了不耐煩；不如收住，在狹小的斗室閉眼靜默片刻。我突然在這渴望的時刻證實了心電感應的說法，而認為你的靈魂散佈在我的周圍；我在這虛無中的求愛，在現代的智識裡是能夠成立而成為真實的。

我年輕的時候

當我年輕的時候，非常的寂寞和孤獨。那是十七年前，我年紀二十三歲時。已經在礦區九份當了兩年多的小學教師，沒有異性朋友，沒有什麼值得安慰我心靈的事物。夏季我徘徊於山下瑞濱的海灘，赤裸地暴曬在波浪排向岸沿的岩石之間的小沙灣，或潛入清澈透藍的深水裡，探尋水草與游魚同伴。那時我的心在海洋上的空際鳴響著，想呼求什麼與我在宇宙自然結合，但我很愚蠢，找不到方法將我獻出和迎取。我深自苦惱，在浪費時光；我懷疑我是誰，是什麼事物，為何獨自漫步於這曲折、岩石與沙灘和漁村的地方，而山上是令男人疲倦和蒼白的礦區。世界的表面看來平靜而美麗，但我的內心很不安寧。有天我路過一個礦工們的休息處，幾個蒼白的男人在樹下蔭涼處歇息，頭部戴著裝有小燈泡的工作帽，身上穿著半濕的灰綠色粗布衣褲，腳部套著膠鞋，臂部掛著一塊橢圓形厚木板，他們正利用那木板墊在地面上坐著。他們垂著眼瞼，一面吸煙一面在談話。有一位矮胖年紀較大的人特殊地躺在一張長板凳上，眼望著樹葉的華蓋，那頂上陽光從際間透出一個一個閃亮的白光，他眼望手擺做出觀窺的姿態，然後發表一些他的觀察心得。我坐在附近的石頭上，疑問著那單純平常的現象於他有何深動的感觸，為何以一種平易的語言向周圍的人講述喻象；他是誰？為何能處在寂寥的處所而怡然自得，他說的與旁邊的人有什麼關係作用，為何他能津津道出，顯然有點荒唐和奇怪。後來我隱避的探詢他人，才知道他是先輩有名的畫家洪瑞麟，一個經常與礦工為伍的人。我回到租居的斗室後依然還是像一個蠢物般生活著。不久，我漸漸感覺到我的身體像被一種無形的網布纏繞著，越來越緊也越厚，我開始掙扎想擺脫這種讓我深感窒息的束縛。

夏季過去之後，冬天來了；然後冬天過去之後，春天來了。我常平常一樣的工作、遊玩和消遣，沒有任何驚奇的事發生。我在潮濕的斗室裡像一條蠕蟲。

但是突然我意外地發覺我能思想，那是三月，我能知道我長期的禁錮和憂鬱，我像有另一對眼睛看到我過去的形體，它在時間的流動裡行走，我清楚地窺見到那行走的陰沉姿態；然後我又驚奇地發覺我能夠說出與別人不同意思的語言，也許我一直就如此，在這之前，我沒有知覺我能語言，但現在我十分驚喜地聽到我自己的聲音。我像在夢景中看見了這樣荒謬的事，我像一個做夢者，除了意識一個睡眠的自我形體，還有一個在那夢景中活動的相同人物存在，我看見他行動，他說話。當我醒來時，我不知道我是那夢中的人或是原來的我，但我的清新意識有如一個包裹在絲繭裡睡眠的蛹，它成為一隻蛾突破了那層包繞的殼，然後拍翅顛簸地走出來下蛋。

已經退役半年的透西晚上八句鐘來我的屋宇時我和音樂家正靠在燈盞下的小木方桌玩撲克。

這是我的第一篇作品〈失業、撲克、炸魷魚〉的第一句話，長而沒有停頓的標點，一口氣說出來。在這句話裡，已經完全顯示我的個自思想的條理，清楚的描述我的世界的現象，以及呈現出語言結構的秩序。我的語言也許並不依循一般約定成俗的規則；它是代表我的運思所產生的世界的形象，由形象的需要所排列成的順序，它並不含糊混沌，而是解析般地清楚的陳列，就像自然所需要呈現的諸種形象。因此語言是為了構成情景境界的工具，它的語態是為了這情景境界而自然流露。因此，我的語言便容許主詞的重複，動詞或述語的重疊堆砌。這並非故意造奇，而是表示我的胸懷的容納能量；它隨著我的思想的方向紛紛跳躍出來，不是我刻意學習的結果，而是我的性情的自然流露。

所以，當我寫出第一句話後，當我踏向寫作的第一步後，我從不因我沒有在學園的薰陶下受到栽培而感到惶恐，也沒有因我未曾受過良師的指引而感到憂慮，更沒有因沒有志同道合的寫作友伴而裹足不前，我是為了我非要不可的欲意而寫作。所以我純然為我掌握的理念寫作，我開始就踏入於純粹的文學，雖然歷經十七年的艱辛的現實生活的折磨，我從未改變這條路，這條路使我不斷地在自我個體與整個宇宙世界間的關係逐步做哲理性的思考。

回憶我能寫之前，在那年輕的時候，甚至遠在我童年的時代；在這個由誕生到幼年，由幼年到青年的茁長時期裡，任何一點如今能記憶的細節，無不是都在隱密地為這二十三年後的迸發的衝動做準備。非常不幸地，沒有人連我自己都不知道，在那個受教育的漫長階段裡曾呈現出它的跡象，不像絕大多數在創作的天地裡縱橫馳騁的人那樣，在他們年幼的時代裡就露了端倪而已經躍躍欲試了。我們都知道創作的天才，常常在十歲之後，已經能表現出他們的真正的秉賦，同時受到喝采的鼓舞，以及讚美的激勵。他們也幸運地受到環境和長輩們的小心培育和照護，自早就已為他們預做了各種準備，鋪上一條輔助行走的道路。而我，在那段年代裡，我的家庭卻必須為日日三餐而焦慮，辛苦工作而忘忽了我，為了這點，我只有一條權宜的選擇，進台北師範藝術科讀書，以便將來做一個教師，緊緊捧握一隻鐵飯碗。我的外表是馴服的，但我的內心已在抗辯和苦悶。路是沉寂的，沒有人為我照明，一切均憑我的直覺的本能。首先我只能去覓食，為這心靈的饑渴到處尋找一點一點的食料，也因為如此而自覺和認識肉體生命的卑賤，而養成隨遇而安的性格，甚至養成貧乏不憂、豐富不奢的生活習性。我在隨手可得的音樂和繪畫的領域裡，發散我的熱情。我勤勉收集和參與，對音樂的知識和對繪畫技巧的認識，這二者成為我發展文學的踏腳石，它們永遠賦給我在文學的世界裡具有美感的質素，永遠具有聲音的格律和動人的形姿，產生我個人的真正風格。我的文字是音樂的聲律和圖像兩種意義的結合，塑造出內在心靈和外在形象俱全的完整人格。這豈非不是我不幸的成長中真正幸運的慰藉？

但悲劇性的靈魂卻是來自遺傳，不快樂是我的宿命，每當月圓我會感到特別的憂鬱，即使今日我能擁有人間的一切價值的事物，我依然不會全然處屬於快樂，因為烙傷已不能去除。解脫和悟道已經成為我現在和未來的文學追求的一項重要課題了。我在十三歲時喪父，正當在我開始要認清我唯一直接尊崇的對象時，他突然從我的眼前消失。在這之前，因為時代的陰影，造成年幼的我與我父有些敵意和疏遠。他在我記憶的黑幕中顯現的是一個憂患的形體，他高瘦的身軀和臉上痛苦的眼神，以及他在病魔的纏繞之下的掙扎扭曲的情態，我常常為此而逃到無人的角隅去獨泣。本來我和他開始時是互相和諧和友愛的，但有兩件事破壞了這份情感。第一件是我在七歲時，我抗拒入學，他痛打我，我不明白那時任何小孩都會歡天喜地地想要做的事我會感到深深的恐懼，這點惹怒他有如毀棄了他的希望，我被吊綁在屋梁下，在他憤怒殘酷的拷打下擺盪著，痛苦和恐怖深入我的心底，至今這個印象依然在我的記憶裡。不久，在姑母的撫慰和誘騙下，她背著傷痛的我進入小學校。第二件是我稍長懂事後，我厭煩於替病痛的父親向他的友朋尋求援助，在我小小的心胸裡認為這是羞恥的行為，我表現的很堅決，認為人無論在何種痛苦和貧困的情況中，都應保持鎮靜和獨立自尊的人格。我深深為以上的兩件事感到懺悔，直到現在，經由漫長歲月反覆不已的個自沉思省察，在我的心中才逐漸恢復我應對他的敬愛；當我獨自告悔時，每每泛起我對他的追憶，祈願著能與他再度重逢修好。他死時的淒涼打擊著我的心靈，我開始逃避人羣，自尋安慰，學習自我處理事務的本領，另一方面幻覺的產生成為我的存活世界的一部份。

因此，有關生死之事，我從不肯用冷酷無情的態度來解釋它的現象；當一個人不能從死亡的現象裡延生一線永生的希望時，此人已不助於有情世界的建造，當他自身滅亡時常會連禍於別人。所以有關處理文學現實功利的闡揚，在我的思考裡最為謹慎，我不願輕率地為現實被目的曖昧的思潮或片面的真理利用和服務，而輕易地道出在時光中會迅速消釁的結語。

文學可視為認知生命現象的工具，甚至它與其他藝術形式一樣代表生命現象的內涵。在我踏出第一步發展我的文學生涯裡，我唯一的使命乃是勤勉地學習和探索，祈望有一天能與過往的人類的仁善精神相接續。有人指責現今的文學，以為它頹廢地不斷在創作與自身相似的悲戲，只是對西洋文學的模仿，沒有為大眾做代言人，於是對生命的認知探索所應用的手段，也由個自內心的思緒移轉到表面世界人與人之間的議論，如此真可謂喪失了追求知識的本意，喪失追求知識的本意，只有破壞人生而不會改善人生。對人類權益的維護，我們所鼓起的熱情，應該直接去參與社會的服務，我們的社會也真正需要這種明朗作風的寫實人物，因為「人道」或「憐憫」是一種直接的帶有濃厚的「捨己為人」的情感。至於文學的瞭解，它是一種體驗的「緣」，絲毫沒有強制的意思，不能因境界的不同而有殊異。佛教裡的「善知識」，以及老子的「無為」是我個人傾近文學的本意。

日夜在交替，當我踏進寫作的第一步後，對於過往成長的歲月所遭到的貧困和苦難，遭到人事的折磨等種種夢魘，一步一步地獲得了抒解和擺脫，使我不平靜的心透過這層修鍊的認知，蔑視仇恨的報復而獲得了平靜。人間的美好事物是我天性中所喜愛和追求的，但追求有「道」。「愛」不直接指物質的慾望，它是一種精神的責任感，不是單純肉體渴慾的滿足；「愛」不但是融合和喜悅，而且是苦痛和憂患的分擔。在理想的國度裡，愛不是全然的歡樂、無止境的滿足，而是清楚地規劃出人的權利和義務，使成為秩序；在此天地裡，不再有獨特的個人英雄的事功，只有依秉賦能力所分佈的責任工作。這是人類歷史文明追求它的理想的法則。當時代進入於動亂不安的時候，那不是某些人的錯誤，而是人人的錯誤；在此不幸的時刻裡，每個個人應從內在產生改善自己的能力，甚而關愛別人。

我的寫作一步一步地在揭開我內心黑暗的世界，將我內在積存的污穢，一次又一次地加以洗滌清除。我的文字具有兩層涵義：它冷靜地展示和解析各種存在的現象，並同情地加以關愛。當我現在還依然年輕的時候，我的智力和體力都還完好，我不應該懶怠，應勤於對污塵的擦拭和拂掃，因為我知道不久我就不再年輕了。當我老時，我一定會感到精疲力盡，而年輕的一代已經接替了掃除的工作，我就應該退讓去休息，那時我應該可以享受到一份清閒，過恬淡的生活，因為我已不會有慾望和熱情；如果我現在的努力沒有白費，我應該可以獲得真正的平靜。母親告訴我，我的誕生在午夜之後，我的父親曾為此急忙地跑到街上，喚開一家雜貨店，買幾個雞蛋，煮給我母親吃後補暖。因此清晨太陽出來的時候，正是我第一步開始掃除黑夜留下的暗影的年輕時候；現在我隨時光走到了中午壯年的年紀，黃昏的老年已在不遠處等候著我，愛人的小氣離我而走，我不再悲痛，因為小時我已經哭過。我依然寂寞和孤獨，可是人生我已活過，責任我已盡過，我就不會像在年輕時那樣徬徨憂慮，焦躁而恐懼。晚間是我的安息。當第二天的凌晨再來臨時，我的靈魂已經投入於另一個嬰孩的誕生，因為我的肉體生命也是原本為了寄存一個原先的靈魂而產生。那新誕生的嬰孩依然會醞釀成長，依然有他的年輕時代，依然有他的工作。但那是另一個時光的天地，就與我這個肉體不再有關係了。

喜歡它但並不知道它是什麼？

我在鄉居時常會遇到這種尷尬的場面：葬禮的行列浩浩蕩蕩在街面上緩步走過，一隊西樂隊穿著頗為整齊的白色制服，戴著高聳而有飾帶和徽誌的帽子，樂聲吹奏著〈再見吧〉或〈珍重再見〉那種步調緩慢、心情沉重的曲子，使街道兩旁的人家多少也沉浸在悲離的氣氛中。事實上並沒有那麼單純和莊嚴。跟隨著西樂隊之後，是一隊衣著雜陳的非常吵鬧的鄉樂隊（子弟班）。其實當我未見到葬禮的行列之前，早已聽到樂聲交混在空際中；西樂較易聽出何種性質，但鄉樂則不易分辨喜或憂。終於這兩隊已趨近面前，大鑼鐃鈸和大小鼓錯織地敲打，鼓吹弦和洋琴和管樂的大小喇叭競奏交混。這像什麼？這就是我在家鄉所常見的一幕中西不諧和而共存的場面。這種不像樣的吵雜隨著行列的遠去而消失，恢復寧靜。時刻大約都在早晨十點鐘左右，但約莫在正午十二時，突然地一陣激昂而鼓舞的〈雙鷹進行曲〉的樂聲，再度引人注目，原來葬禮的行列由山頭轉回來了，西樂隊走著軍人昂首的步伐，好像打了一場勝仗回來一般，這樣扮演不為什麼，是一頓三角肉的午餐正在街邊的帳篷內等候著，可是他們卻站在帳篷邊把曲子吹奏完才紛紛就席。鄉樂隊同樣也不甘示弱，鑼鼓在一陣維持二分鐘的緊湊喧天之後，才算功德圓滿。然後可以睹見他們歡歡樂樂地喝酒吃肉和說笑，把那死去的人遠遠拋在山頭那邊，其實人已死了，也不在乎他們這樣的胡鬧。

生活本身就是這麼充滿諷刺嗎？我這樣說一定會引起別人的詰詢，會問我：「那麼你以為如何才算妥當呢？」我不以為如何；我不是音樂家，也不是典禮官；我除了具有感官感覺和有時思想外，我什麼也不是。這樣說也不當，應該說成我是具有文明的人類子孫，我在上面描述的葬禮的情形，只不過是指出那場面的荒謬、野蠻和無情罷了。真的，對於音樂的種種，我一點也不知要怎麼辦。

雖然我不能說出音樂的本質和功用是什麼，但是我喜愛音樂的。我的父親在日據時代是一名業餘樂隊的小鼓手，且善於在家吹笛；我的長兄是位職業的吹奏家，是各種管樂器樣樣精通的吹奏者，他先在歌劇團吹奏傳佩脫（小喇叭），薩克斯風在台灣光復後流行時，他改吹這種悲鳴的樂器，最後他罹染肺病，氣力不夠，在酒家改吹克拉里內德（黑管）。當土生土長的吹奏者都襲用阿拉伯數字記下的簡譜時，長兄玉明全部將他所用的樂譜改寫成五線譜，我很佩服他勤勉的自學，許多家鄉的青年都奉他為師。後來他也作曲，和幾個同鄉人組成一個管樂隊，常受僱於葬禮時吹奏，因此他應需要寫了一首葬曲，當他不幸在三十二歲那年去世時，那些好朋友圍在墳墓四周，吹奏那首葬曲。我從小就這樣耳濡目染，所以我愛好音樂是十分自然的事。

但自進入台北師範學校，對於音樂始有新的認識，擺脫了小孩時代對歌仔戲曲和流行歌謠的癖好，在課堂或左鄰音樂科的西洋音樂和藝術歌曲傾投了無比的熱忱，對那時期在校外的音樂演奏會成為一個沉迷的聽眾。但是如有人問我，要我回答我聽了恩芬天奴的歌唱，和省交響樂團的定期演奏，且在那三年間做了班級合唱的指揮的感想如何，我必須坦白地說，我是沉浸在音樂的狂濤裡，可是我萬萬不能說出我已經知道了音樂是什麼。

之後我和作曲家徐君同事一段時間，那時他的作曲和戀愛相輔相成，我是他生活的夥伴，且是他作品的過目者，他研讀貝多芬研究，我也看貝多芬研究，他彈琴，我也學彈琴，當他去喝酒時，我便躺在床上聽唱片；二年的時光過去了，蕭邦的〈馬厝卡舞曲〉一直盤繞在我心的深處，李斯特的〈匈牙利狂想曲〉時時鼓動著我消沉的情緒，但假如有人以為我已經頗知音樂的形式和內容，我會沉默地掉頭走開，天知道，音樂現在造成我的寂寞和無聊。

那麼我的不滿足是為什麼？我是否在雜亂無章的聆賞裡搞得昏頭昏腦呢？我為何不做些有系統的鑑賞和研究？從貝多芬做為中心點，劃一條分界線，一路指向貝多芬之後的音樂家，一路指向他之前的音樂，但首先要把貝多芬搞個一清二楚，他的最為重要的九首交響曲，前後期的弦樂四重奏，鋼琴奏鳴曲，協奏曲，序曲和他的歌曲，還有他的傳記。不錯，這樣做的確有點成效，在身體裡留駐了一點知識的份量；當許多人以他那一首交響曲最好而爭論時（有說命運，有說田園，有說第九的合唱），我卻能持另外一種論調說他的第七最能躬身自省和自憐。這一點最為可貴，因為凡有才能的人總會表現得過份自大，固然才能者都具有一種震撼人的精神，但效法偉人的精神是沒有邊際的，而能與我們脈脈相似者正是他注視自身和深思的時候。貝多芬的獨白最為感人，在他的歌曲裡充滿惻人的胸懷。後來我同樣在〈富蘭克鋼琴第五重奏曲〉，在〈布拉姆斯第五號交響曲〉中體會同一件事。循著這一條線，幾乎在布魯克納、葛利格、舒伯特身上重現生命的孤零感觸。但回返巴洛克時代的音樂，又如在另一境界的夢景中。但要有人說我已經進入了音樂的鑑賞的殿堂，置身於音樂的歷史，儼然是個巡禮者，那麼我會搖頭嘆息，因為在那音樂浩瀚的世界裡，音樂本體的完整知識是什麼，我依然毫無所獲知。

即使我能夠流利無誤地背誦出幾十幾百音樂家的名字，也懂得他們作品的數量，並能找出他們之間相互影響的跡痕，或是誰與誰具有共通的精神等等知識，我還是相信自己是個徘徊門外，不得其門而入，只是拾到一些經過多重折射的零碎破片的乞兒。

我徬徨在這廣漠的世界裡，駐足聳耳傾聽人們在高談現代音樂，他們說現代人要有理性的思維，要有民族的情感，十二平均律和無調性音樂之後，必須回歸到民謠旋律；我用右耳聽史特拉汶斯基、荀貝格、德布西和巴托克，用左耳聽蕭斯塔科維淇、史梅塔納、德沃乍克。〈浪子歷程〉的杯盤破碎聲，〈午後的牧神〉的冥思和奇遇，鋼片琴的醒腦感覺，大提琴的低迴和快速的斷奏，莫爾島河的水聲，新世紀的追遠和風景，在這些十分令人嚮往的內容裡，雜混著〈西班牙舞曲〉和〈藍色狂想曲〉。在如此繽紛的聲色的跳動中，在如此繁富的物樣裡，就像置身於早晨鄉村的菜市場，的確有一份理智和情感在引導著行走，可是我不知道往後要再走向那裡？

然後我加入圍觀的人羣中，加入他們學跳探戈、曼波、扭扭、倫巴、阿哥哥、搖滾和狄斯可。我學唱：

Yesterday,
It's now or never,
I love music,
The Wedding,
The house of rising sun.
The three bells,
Donna,
KAMBAYA,
The end of the world,
Night's are forever without you,
The best disco in town,
Looks like we made it,

的確我是成功了。我亦能在此同時回憶往日學校生活中學唱的〈鱒魚〉、〈夏天裡過海洋〉、〈瑪莎〉、〈老黑爵〉、〈肯塔基老鄉〉、〈老樂手〉、〈我住長江頭〉、〈教我如何不想她〉、〈滿江紅〉、〈當晚霞滿天〉。但你以為我快樂嗎？生活愜意嗎？我會說不，我十分苦悶。有人點破我似地引導我去聽成熟的〈波爾瑪莉亞〉和〈Brubeck quartet〉，是的，這種音樂很適合於咖啡間進行交談，甚至最近以輕音樂的樂隊編組方式演奏古典音樂也大行其道。但流行歌曲和輕音樂只能造成聚集和固定化的情緒，就像一大堆人泡在死水池裡，無法解脫。但就人生來說，孤獨和沉思的時候居多，我們需少部份的沉醉，但也需要大部份的滋養，然而，我外出時總聽到電氣行門口的擴音箱在放聲大唱：

夢鄉，你站在我的前方，
擋住我的去向……………

於是，我只好逃回家，只好放下唱片聽弗拉門哥吉他，聽法國南部摩爾人的後裔用渴慾的喉聲唱出〈摩爾人的少女〉；有時溫習一下西貝流士的交響曲和交響詩，意識裡像置身於北歐的森林、沼澤，羣山和水氣的迷濛中，我只能在這種神話的堅決意志裡產生力量，這樣或許比較使人有生存下去的意願，且瞥視渺小的自我在宇宙間的存在地位。音樂像生命一樣，我喜歡它但並不知道它是什麼！

愛情是什麼

在生命的開始，受到護衛和關愛是我們全部的滿足，那時我們企慕擁抱豐腴而慈藹的形象，我們是純潔而柔嫩的小天使。從此「愛」有許多的歧途，受到環境和自身性格的支配，而煩擾一生，癡迷、激情、爭鬪、犧牲，不一而足。真愛在那裡？明淨如水的世界在何處？我所追尋的理想的永恆愛人是什麼樣子？永無回答。或許跟隨生活現實，就如河水流經堅實的土地，使史梅塔納的莫爾島河的樂音所說的：將我們的情感注入，無論經過山畔、草原、森林、城鎮，無論是細水淙濯，或平闊緩行，或激流，或斷崖的衝瀑，或悲壯地流入海洋，這一切都是熱情。沒有人會非議如此多姿多彩的愛情。不過，當事過境遷，不論懷念或悔恨也罷，生命才有眼光見到這原無所有的世界呈現著一片真空，而經歷到或感覺到的都是虛無縹緲，有如變幻的雲彩，永遠無法捉摸。如要說愛情是什麼，那是你們的事，卻不是我要說要做的，因為我們不會相同。

河水不回流

他年紀很小的時候在課堂上曾經聽過一位教師說到在遠方的沙漠上埃及人建造金字塔的故事；現在他也是一位教師，輪到他來講這樣的故事。

有一天清晨，他照例要步行去鄉下的學校；在路途中他遇到一位陌生的女子擋住他；他認出她是往日在某地的愛人；為了不耽誤他上班的時間，他們一面走一面談。他詢問她為何前來，她說她也不知道為什麼要來，如果她不來就得憂鬱死掉。他起先帶著憶舊的情感安慰她，後來稍改變了態度，對她嚴厲地責備著，把她留在一個分路口，要她自行回去，表明對於過往的一切最好如河水般不要回流。

當黃昏的時候，他下班走到分路口，發現她沒有離去，站在那裡等候他。這時他憐惜地拉著她的手，要求她一同回鎮上的家，但她拒絕了；她看到他一天的授課之後，那疲憊而冷靜的蒼老模樣，她終於領悟了。她說他何等偉大，能夠自甘平凡地生活在辛勞之中，她不能因為自私的理由要求他，同樣的愛在另一個女人身上與自我的身上是沒有兩樣的，她為自己前來的念頭感到慚愧。她甚至說她現在就死亦無遺憾。他親自看見她裝出一副笑容搭乘路過的車離開了。

他回到家已經比平時晚了幾小時，他的妻子在這一天中已經聽了幾次有關他和一位陌生女子的傳言，現在他晚回來更證明了這件事。他坦然以告，說河水不會再回流；但是他的妻子懷疑著他，決定離開成全他。

有關小時候聽到的金字塔故事，他記憶不甚清楚；現在他說的是另一則。

愛樂斯的傳說

記得年輕時，初讀柏拉圖的《饗宴》激賞望外，至今依難忘懷。移居十年，這傍山的陰暗書房潮濕嚴重，書與櫃皆腐蝕，羣書變貌，卻捨不得將吳錦裳先生譯注的《饗宴》拋掉，抽空再覽這本潰成數頁的書，仰臥沙發，依舊興味盎然，不減當年。其中原故，不外是柏拉圖的間接筆趣的手法，使人著迷。我相信，除了勸人細嚼全書可以大獲全益外，如要單憑口述那書中內涵給人，似乎頗難達意。古希臘距今遠矣，時代雖已變遷，但某些真理精神和認知的思辨，仍然還是人世修持和努力的根基。就這件事而言，雅典的宴席早散，活躍於當時的菁英人物的諧謔言談也隨時空消逝，所謂流到現代的「愛樂斯」，已經成為一種傳說。

向來讀書會手癢想要筆記，為了方便記憶，常將書中的要旨散文圖（改寫）之，也是一種閒情樂趣。《饗宴》本身，好比現行的小說或戲劇，人物與對話均鮮明如生，有如臨場看舞台表演；但就筆記而言，我要做的只有兩個部份，因此如後文：第一個部份是序章，專事禮讚的說辭；到第二個部份，才是精華所在，是不折不扣的哲學的探源課題。筆記原不是什麼稀奇事兒，拙文本不擬發表，而有朋友問詢時索讀，就乾脆拿出來與大家共勉，在此聊添記之。

第一部

一

古希臘時期黑西奧茲的詩歌寫著：

混沌（Chaos）先在，
然後出現了寬懷的大地；
這萬有的永恆寶座和愛樂斯。

愛樂斯，依照希臘人的說法，是所有諸神行列中，最先形成者。又說，這最古老的神，對於我們人類也是最大福祉的泉源。因為，對於一個想要過著美滿日子的人，做為他全生涯的指針，即使是血緣、榮譽、富貴，以及其他任何東西，都不能像「愛」（愛樂斯）那樣能夠把它那麼完美的栽植到靈魂深處。例如：一個在戀愛中的男子，當他在做可恥的行為，或正遭受某人的侮辱，卻因怯懦不敢反撥，等到情形暴露，即使被親長、朋友或其他人撞見，還遠不如被他所愛的人看到時，那樣感到極度的難堪。也就是說，一個人當他做了某種愧行恰巧為人看見，他所覺得羞慚的，莫過於在愛者面前。不僅如此，甚至願下決心為對方犧牲的，僅有「愛者」可以做得到。這種情形，不單限定於男的，即連女的也都包括在內。攸列庇斯提斯的悲劇《埃爾賽施蒂斯》，寫她決心為丈夫殉情，雖然父母健在，她對丈夫的摯愛，簡直遠超其餘。諸神曾經驚嘆她的行為，而極為難得的，終於將其靈魂歸還了她。猶如此例，諸神極為尊崇為了「愛」所做的犧牲和勇氣。又如：阿起立斯毫不顧及從母親獲悉的切身事實——「如果殺了亥克透（Hector），自己亦將難免一死；不殺他而自反故鄉，將可久保長壽，以終餘年」的慈訓——竟勇敢地前赴「鍾愛者」帕屈羅克洛斯的救援，且替他達成復讎的目的後，不但情願為他捨生，甚至自動選擇了追隨其後同歸於盡之途。因此諸神都讚賞他，為了他是那麼深切的愛上愛人，特地賜以超眾的榮譽，將其送上「幸福之島」。因此，愛樂斯是諸神中最年長、又值崇敬，並且，對於德行與幸福的獲得，祂在人類中是空前絕後、最具權威的導師。

二

但是愛樂斯勢必區分為二，即天女猶藍納斯（Uranus）和宙斯和黛安娜之間的女兒阿弗羅黛蒂，稱為「適合萬眾的」。一般庸俗者，易於被後者所吸引，像這類人的愛情，首先是少年們對於婦人。其次，當指陷入戀愛的境況，他們喜愛肉體遠勝靈魂，最後就盡可能地愛那「愚昧」。這是因為只把達成目的放在眼裡，毫不介意所做的方法究竟是否上乘或美雅？像這類人無論什麼事，不管那是良善與否，毫無辨別地，只在偶然的機遇裡去濫行。而前者生性喜愛堅強和富於理智，在年長粗具智慧之後，才開始去嘗試「愛」。如此，才有貫徹生涯，永不離棄鍾愛的人，願與偕老的決心。由此，「美」與「醜」之意涵，即謂之為，愛戀「崇高氣質者」和「愛肉體遠勝愛靈魂」的卑俗的愛者而言。因此，愛美者就有獲取教養和其他智慧的功效，是依照好人之意，且以善良的辦法遵從施行之意，反者即為醜惡。這是雅典當時的風俗，均以「智」與「德」為終極目的，尤其以柏拉圖主張的精神戀愛（愛的精神化）的時候，他所企求的卻是要棄絕肉慾。如果，只要在短暫的時間能夠克制它，得以順利通過這情景的話，對於有志向上的青年，是一種很值得期待，而且不可缺少的要素。

愛樂斯不僅單單潛在人類的靈魂深處，且作為對別的許多東西的「愛」，同樣地存在別的許多東西之內，幾乎是存在一切事物之內。在人的肉體中，就存在著這兩種的「愛」，凡是順從在肉體中的優良因素和健全因素的旨意者，是即美又合乎義務；相反者聽從不良因素的與病態者是恥辱。就我們所知悉的範疇裡，無論是醫學、音樂、體育和農業，甚至是天文和占卜術，愛樂斯是全盤具有如此多樣、偉大的能力，因此在一切事物上，因為兩種「愛樂斯」同在其中，我們要盡所能地留意對方。

三

愛樂斯是諸神中，與人類關係最為密切者，是人類的協助者，治癒人類所有的苦惱；

這苦惱的治癒，就是意味著對於人類最大的幸福。溯古之說法，人類的性別分為三種，兩性（男女）外，還有兩者所結合的第三性，他們皆具有可怕的力量和強健的身體，以及極為高傲的自尊心。因為他們得意忘形地挺身向諸神挑戰，如荷馬詩中所述：「這兩人為了要攻擊諸神，企圖升天……」終至遭來剖切的處罰。自從人類原形被剖切為兩片以來，每一邊的半身，均憧憬另一半，並且渴望能合併為一。於是他們燻燃再使身體成為一體的慾望，饑渴的糾挽著手，互相擁抱。當這兩個半身中任何一個死亡，另一方則必覓求另一死亡者的半身，並與之始終糾纏不清。不論逢上那是以往完整時的女性半身，或是男性的半身，如此，他們都是為了饑餓和不克照常活動而困死，漸漸趨於滅亡。因之，宙斯憐憫了他們，當兩性相逢之際，得以在擁抱間生殖，並且繁育子孫，而男性與男性相逢之際，至少使其感動饜足而壓制慾焰，好去從事營生的工作。為了這些緣故，自從古老的往昔以來，人類就被這相互間的愛，牢牢地栽住。這正是，企圖使人類從原有的本性合併為一，把兩者匯成一體，並且給予治癒人類性情的機會。因為，我們原是完整的人，所以對於完人的憧憬和追求就通稱為「愛樂斯」。

四

愛樂斯，也可能是一位最柔美、最優秀而最吉祥的神。雖然說，這位「神」是定居諸神與人類心弦靈魂之內，並非毫無辨別地，隨便住宿於任何人的靈魂深處，當遭逢「持有粗硬心腸」的人時，就是一直貫穿溜出，迨遇上「軟心者」始得留宿其間。而且，在花卉豐裕，幽香芳郁之處，祂總是停歇留滯其所，以表達神情之美。愛樂斯不受強制而顯示自制，意味著能支配快樂與情慾；身為快樂與情慾的指揮者，尤非富於自制不可。無論任何人，只要「愛樂斯」一接觸到，即使他過去與繆斯（藝術之神）毫無緣份者，就都成為詩人。一切生物的創造，使所有生物發育，以及成長的，是非由愛樂斯的智慧教導不可。有如阿波羅所以發現了射技以及醫學和預言術，是想求得「愛」所導引的結果。就因為這樣，在諸神世界裡，有愛樂斯的參入，秩序才得成立。自從這位神出現以後，無論在諸神中，以及人類之間，才得由於美的愛慕而發生各種慈善事，詩曰：

於此塵世，賦與和平
無邊海源，賜與情浪
狂風暴雨，今其休歇
憂患之軀，使其安息。

把這些帶來的，乃是愛樂斯。

第二部

一

愛樂斯是否真如上述是一位偉大的聖神，而且對於美者的愛呢？試問：愛樂斯究竟屬於某物的愛？還是不屬於任何事物的愛？還有究竟愛樂斯是不是欲求著祂所隸屬的人呢？祂究竟是享有，還是不享有祂所愛慾的呢？設若：「不缺乏的時候便不欲求任何東西」，這種推斷是絕對而又必然地正確的話，假使有人還說：「我雖然健康、富有，還希望健康、富有；我是祈求我已有的東西。」這意思當然十分明白指向，「我願此後長久保有目前所有的這些東西。」可是，求著未能由己做主，又未歸自己所有的東西，以及希望目前所有，直到將來仍能確保不致損失，根本就是同一件事。此即所謂：一個人所愛的，就是他現在還沒有的事物或將來的，或者不屬於他的東西，因此愛與慾尋求著這些東西。那麼「愛」就是對某人來說還缺乏的東西了。還是連諸神的世界也由於對「美」的傾慕始能維護秩序，因為對於醜陋的東西，根本不會有「愛」的存在，那麼「愛樂斯」就成為對於「美」的愛，而不是對於「醜」的愛了。我們人是欲求著自己所欠缺而不據有的東西。所以，我們不能把愛樂斯欠缺著「美」，而幾乎不具有美的東西稱做「美」。進而言之，如果我們稱「善良」的東西是美的，那麼愛樂斯同樣欠缺著善良。

二

不過，祂既不善亦不美，可也不是既醜而凶惡的。我們習慣認定沒有智識的人就是無知的，卻不知道凡是抱有正確意見，未能示出觀點的，那就既非睿智（因為不能出示根據的，怎能算得是知識？）也非無知的情形。所謂正確的心見，很明顯的可說是「介於智與無知」的中間位置。所以不要在以為「凡是不美的就必然是醜，不善的也同樣非惡的」想法了。

我們既已認知「愛樂斯」正因為欠缺美和善的東西，所以才求其所欠缺的東西，那麼祂是不能當作神來看待了。而非「神」是否就是該消滅的東西呢？當然不然，只因是介於該滅與不滅之中，是稱為「神靈」的一種東西，具有「翻譯與傳達」人類的事給諸神，及「出自諸神的事」給予人類的能力；這在神與該滅者之間存在的神靈，一面是祈願與犧牲，另一面卻是命令與報償。只因其介乎兩者填充其中間隙，結果，萬眾就被結合為完整的統一體系。神是不會跟人類直接交往的，諸神與人類之間的交往與對話——不管覺醒時，或睡眠中，都須通過這位「神靈」而進行，並且通達此事的，就稱具有神靈者，愛樂斯就是其中佼者。

三

有人會問愛樂斯的生父和母親是誰？說法是這樣的，當阿弗羅黛蒂誕生的時候，諸神曾經舉行了祝宴，美蒂斯（巧智之神）的兒子保羅斯（術策之神）也在其中。在餐事行將結束，配尼亞（窮困）盼望著這一頓大菜，行乞前來佇立門口。保羅斯喝醉了酒在宙斯的庭園醉倒陷入酣睡，於是配尼亞為了過於窮困，想出藉保羅斯獲得一子之計，爰則側臥其傍而懷孕——祂就是愛樂斯。

愛樂斯生性愛美也就無毫疑問了。那麼，祂是保羅斯和配尼亞之間的兒子，站在如此境遇：首先，祂經常地貧窮，絕不像大眾所相信的那樣富豪俊美，是凹凸不整的，既光腳、骯髒，且無家可歸，常常不帶睡具隨便躺在地上、戶外，甚至露宿，這是因為祂繼承了母親的秉性，與「困窮」同居。可是，另一面又酷似父親，總是「私下」等待著俊美的人和善良者。像勇敢唐突、蠻強非凡的獵人，經常地計謀奸策，並且又熱烈地追求機智。同時決不窮於術策，且透全生涯，是個道地的愛智者，無雙的魔術師，以及調劑毒藥者和哲學家。

四

我們不覺恍然大悟這個事實：愛樂斯竟然是賢明長於計策（富裕）的父親和無知笨拙（貧窮）的母親之間的兒子。其個性既不像永生，也不像該滅亡的人，他時或寧在一日之內開花，結果時又死去。可是，當其術策一成，就順從父親所得的秉性，再次甦醒，然而，所取得的東西卻不斷地消失無蹤。

我們應明白古代的希臘人，視「智慧」為最美的一項，並且把愛樂斯認為就是一種求美的愛。做為一個愛智者，絕不可把愛者（愛樂斯）當成被愛者般混淆，把祂視為俊美者本身來看待。其實，所謂值得鍾愛的對象，本來就是既美麗，又奢華，而完善，且至為有福。可是，愛者卻與此正好相反；不是這樣，就不是所謂愛者。

五

對於美的愛，到底它是如何存在的呢？當愛者愛上一個美人的時候，到底他欲求著什麼？即將那美人得手，對於他又有何益處？如將「美」代以「善」字，情形一樣，是否企求著能變成已有而成為幸福者呢？所謂：幸福的人所以會幸福的理由該歸因於有了「善良者」的緣故。

凡是一種東西，當它從「虛無」向「享有」移轉，終究必定是一種「創作」的活動。此活動就是愛樂斯之所為；大凡對於「善者」與「幸福」以及所有的「慾望」，即使任何人，都不外乎既強烈又富於狡計的（愛樂斯）。人類是竭求善良的東西，不僅要歸己之所有，更要添上永恆的所有，所謂「愛」，就成為永恆朝向一切善良者而言了。

六

「愛」為了長久佔有善良者，不管在肉體上或心靈上，都要在美的個體中產生它。明白地說，所有的人類，都在他們的體內或心靈有著「胚種」。並且，到了一定年齡，我們的本性就欲求生產，不過，生產卻不便在醜者之內，只在美者中達此欲求。男女間的結合就是一種生產，是一種神祕的事情，是該滅中的永生者——這就是懷胎與產生。所以，充溢生產慾或胚種的人，對於美的就是感受熱烈的興奮。因為，只要能夠據有它，就可以從可怕的苦悶中取得解脫。那麼，萬事皆然了。因為那是在「難免一死者」所能參與的範疇，生殖乃是一種永恆不滅的東西。果真，依我們所容認的「愛」所指望的，是將善良者據己有，「不死」勢將必然地與「善良」同時被欲求才是。由這種推崇所產生的結果，愛的目的在於「不死」這件事件上。

七

非永生者本性是祈願無窮變成永生的。這只從生殖才能達到。所謂「生殖」就是經常以嶄新的，來代替陳舊。他本身，即使片刻也未曾保有同一要素：他的毛髮、肉、骨、血液，以及所有的整個部份都不斷地更新，同時失去陳舊。這不僅在肉體，心靈上也是同樣情形。不管是氣質、性格、意見、情慾、歡樂，以及悲哀或恐懼，這些，在任何人都不會是完全一致的，而是一面產生，一面消滅。當它是「知識」的時候，就像其中有的生育，有的減滅那樣，絕不是任何時間都同樣不增減的。所以非永生者不僅是肉體，其他一切也都藉此得以不死。因此，一切生物生來就愛惜子孫，都是為了「永生」才富有熱忱和情愛。

八

在試看人類的功利心，在那裡，可以想像他們內心渴望成名，不朽的聲譽，這種慾望何等強烈！前面曾提到的埃爾賽施蒂斯所以為阿德美特斯犧牲，阿起立斯為帕屈羅克洛斯殉節，以及雅典王柯洛德斯，當他聞悉在戰爭中如果不陣亡的話，侵略者的德里斯就會獲得勝利，而意圖為兒子們確保王位自我夭折等事事，難道是可能發生的嗎？如果我們相信迄今未失去這種德行的「回憶」還能保存下去。為了永垂不朽的功勳和顯赫不可一世的聲譽，人們總是勇於履行任何事情，越是優異的人，越是如此，這是因為他們求著永生的緣故。事實常是令人意想不到。

那麼，在肉體上生產慾旺盛的人，寧願趨近婦女，且其戀愛方式是這樣：這些人藉生子企圖永生，「回憶與幸福」一直留傳永古，永恆保為己有。可是，在心靈上具有生產慾的人——因為它遠超肉體——其受孕與生產對心靈上所合適的一切，感到相當的慾望。所謂合適的東西到底是什麼？那是「見識」，以及其他各類的「德行」。這產生了詩人和獨創之諸名匠。而在見識中，凌駕其他，最高、最美的是國與家的統制、自制和公平。只要觀察荷馬、黑西奧茲或其他偉大的詩人們的雙親，並且只要羨慕他們遺留那麼優秀的子孫；由於那些子孫們聲譽的不朽，使他們給人們所留的盛名和記憶，也都永垂不朽。

九

那麼，朝此目的邁進正途者，必須從年輕就開始追求美麗的肉體，這如果能夠適宜加以指導，首先就愛一個美的肉體，並且，非在此中產生美的思想不可。而某一肉體之美與另一肉體的美是互有關連的，是「不能分離」的同一體系。當把「愛」普施於一切「美」的物體上時，對於某人過熾烈的情焰，認為是不足輕重的東西，就非喚醒不可。這可以說心靈的「美」比肉體的「美」具有更高價值。只要他的心靈「良善」，即使不太嫵媚可愛者，也會心滿意足地去愛她，為之操心，互求生產，使年輕人有向上的念頭。這樣，又能義不容辭地從職業活動和制度中看出「美」來，能夠藉認識上的「美」去回顧曾經觀看的許多「美」，企圖進入美的海洋，而眺望之。從無數愛智心，產生許多既柔美又高超的思想和見識，依此增加力量。

十

當我們逐漸接近「愛」的極頂（奧祕），將會觀察極可驚嘆的「美」之本性。首先，它（本性）是永恆，不滋生、不消滅、不增長、不減褪。並非從某一觀點來看則「美」，從另一觀點來看則「醜」。亦非時美、時醜。且非與此相較則「美」，與彼較之則「醜」，抑或據某些人來看就「美」，另換一些人來看則「醜」。更非在此地看見是「美」，他處就顯得「醜」。這美又非藉臉容、手或其他肉體的部份而顯現；同樣，亦非藉言論、智識等形式，存在任何生物之中——例如，在生物內，或在天上和地界，以及其他現存物，無寧做為保有完全獨立自存，永久獨特無雙的姿態美，來出現在眼前。這「美」乃是超越一切對立關係的絕對存在。所謂，憑獨力或其他誘導達到「愛」的奧祕之途是如此：即從地上各個美的東西，朝向最高之「美」恰如爬梯子一般；不斷地爬升，先從一個「美」的肉體再到多個；再從多個到達所有的「美」。從「美」的肉體又到「美」的職業活動，再升到學問，更從這些學問達到那「美」本身；結果它意味著直到認識「美」本身為止。

只要你觀悟它，就不再以為那是屬於黃金，或燦爛美麗的衣飾，抑或屬於英俊青年之類了。所以，如果有人能夠清楚純潔，毫不混入雜意識，不為人類慾望或其他許多「行將死滅」的無價值的東西來玷污，觀看「美」的本質；當你用眼睛凝視，以心眼精神（理性之眼）去觀看它，並且與之同存，你以為這樣的生活會悲慘暗淡嗎？我們了解在人性中尋覓像「愛樂斯」這樣的助力者，實非一件容易的事。我們如要尊崇這「愛之道」，就應當比任何事更熱心勤加練習。如果人類能夠「永生」，那特權豈不可賦予他？

兩種文體

——阿平之死

一

他首次給阿平的信這樣寫著：

我已經有許多時日不用書信的方式向一個人（或朋友）表達我心裡的想法。你知道，所有有形的創作形式大概均來自內在思想的要求和需要，有如自然創造了生命一樣，靈魂投靠到一個有形的物體而彰顯出它的存在。《傾城》是你真正顯現了你自己（不論這形象像是多麼驚慌和錯亂），它不是你的現實思想要你寫成的，是形構你軀體存在的內在驅迫你去做的，所以它的目的和內涵都是超現實的。一個人的意志力和使命感可以用來創作讓人覺得偉大的作品；虛榮心亦可以發奮努力而在現實的社會獲至一席地位；當世界的意識集中到某一個人身上的時候，它可以造就一個讓人崇拜的英雄人物。但就藝術而言，一個更重要而並不怎麼為人探索和知覺的創造奧祕，甚至是指一種生活之道的形態和內涵而言，不懼毀譽的表達出自我的樣相是可貴的。在現實時空裡，具有不停變換的容姿，顯現時美時醜，時幼時老，實在掌握不住任何的樣相；並且物聚物散，得不到恆定的依靠和安慰。只有在效法自然創造的模式裡，扮演一個創造者的角色，那內我的慾望為了掙脫而創造了自己的形象才感到實在和慰藉，因為有那產生塑造自己的責任而獲得肯定，在那樣的意識裡卸下的重擔，就像母雞生了蛋。由於有這種行為的完成，心靈才獲得放鬆和自由。我說了這麼多囉嗦的前提，意在於鑑定《傾城》的品質；談了以上的條件，只為了說明我個人欣賞的範圍，而不是指它在俗世文學裡有多少被專家學者或讀眾去評價，因為他們是論工計酬而又肯定約定成俗的，他們會為自己的論說而把一個完整的東西敲成散塊，並且會片面擇取而斷章取義，使它變得體無完膚，就像砧板上的骨頭和肉塊；而在所謂文學的架構範疇裡，由於合不上他們那設定的框架和條件而棄置不顧，有如現實的知識價值摒棄了內有無形的知覺，有如理性看低了感性。我們知道，擺脫掉文化累積的油污，才能透視潔淨的本體。甚至當各種的花朵都有人偏愛時，我也選擇了我愛的一種。所以我愛的是自由和自然的赤裸，這一點我們並不妨礙任何人，我們是在自己擁有的天地裡這樣做。我們並不缺少典雅和修飾的教養的一面，但我們不掩藏心弦的鳴動。我們看到別人的真，同時也照會到自己的赤誠。我們同樣地和別人說同一種語言的話，但在這語言的陳述背後並不施狡詐。有時，在我們心智的天地裡，我們自許是最美麗和最善良的，雖然在現實現象界的表面的比較之下是落魄可憐的；就像在我們的心田感受裡知覺到那軍官是最英俊最體貼溫柔的，在那嚴酷和呆板的世界裡仍然有我們感受得到的最優美和動人的表現。即使它是夢，也是最真實的，它被創造出來是最合乎造物者自我的意志。這個故事用來對此畸形的人類文明創造下的敵對和隔離的現實，讓我們不由得有一股強烈地渴求，需要那樣特別無微不至的服務和待遇；並且讓我知覺到，在那樣的情況的分離，才使那表現在過程中的深情存在。當然這個故事已沒有必要去分別它是否事實和杜撰；無論如何，它只有一種人才能去創造它，只有一種才情所凝集的形象才會被內在的意識安排去造就那種特別的事件；所以與其說它是曾發生的現實事件，不如說它是作者自己創作的夢；因為有那樣的心智才合乎它的創作事實，這事實不論在時空中顯相或在想像中印象，兩者都足以驗證內在意識才是真體，它的主宰性同樣落實或顯示某一種的性格意涵，因為你把它寫出來，所以這種性格意涵的存在地位就此確立不移了。

《傾城》有別於其他你在沙漠中生活的故事，這好比其他的故事都像是一條線，這些線都像是軌跡留下的痕，這些痕在一張圖畫上很可目為美麗的筆觸而已。省略地說，這些筆觸都具有令人喜悅和欽慕的色彩。一條一條的彩線的確使人遐思，滿足人們的好奇。但是它——《傾城》是不折不扣的醞釀在地底下千萬年而形成的、在不斷翻掀的地殼中、不意而露出來的一顆未經雕飾過的鑽石，不知者視為一個普通的石頭而一瞥走過，知者彎下腰撿起且拂拭了塵埃，知道是它。它是一個貨真價實的東西，撿者自忖它不是廉價的。而撿者也不需要把它拿去切割和雕鏤以便賣出被戴在仕女的身上當飾物，或被鑲在皇冠上和嵌在權杖中，只需放著當在觀看時可以憑想像和它隱隱放出的光相接觸，只需保持它自然的立體形姿，在另一個方面，似乎可以從觀看中領悟它曾經歷的苦悶和辛酸的過程。真的，一個立體的事情，就如這顆鑽石，它可以被看到許多的面和許多的線和無數的交會點，有說不出的豐富內涵在它裡面形成和組合，只要有能耐的話，它比能說出或能體會出的還要更多。這撿者不是別人，就是作者他自己。而其他故事的主角是可被替換的，如果讀者高興把他替換成自己，那麼他就可以同樣置身在沙漠的愛情裡，我可以保證這一點。但《傾城》則無論如何替換不成，非只有作者本人不可。因此，只能感覺而不能明說去界定那女角到底具有何種性質，可說是介於「愛」與「被愛」這兩種俱全的組合，這兩種意涵巧妙而均合的寄身於一個瘦弱的女體裡，這不能被消散的靈魂（只因它的強烈執著）的存在，使故事中的其他人物和景物因她的蒞臨而註定要存在這個世界上。這創造的必然不能以巧合而輕言帶過，這人類的世界也許有一天會完全毀滅，可是「愛」與「被愛」這種意念永遠是宇宙實存的理由。

你也許會認為我言過其實，其實一點兒也不，這點要怪我有限的語彙能力所不能完全表示出來的個人思維，因為這像是恭維的意涵說的卻並不一定是完全的奉承，故意地把一株草說成是一朵花。我不會破壞它——《傾城》：它對我而言，可望不可屈，假如要用我們都能意會的話去說它的話，它的真情實事對我猶如夢境；而即使它是如我所說的本來就是一場夢境的話，它對你而言確是真情的事實。當她抵達那座城時，她的身影灰白如幽靈，有如在我的視覺裡出現的魅感和閃動的形象，那軍官無疑被這似真似幻的姿影疑惑著而去嘗試接近她，自始至終他都不能擺脫這份他不能理清的知覺，而越出了他生活中慣有的態度，給她一份特有的照護，使他顯露出自己的身份不該有的被約制所埋藏的那份原有的人性。由於這一連鎖的事故，使這個幾近被目為不近人情的城市變得格外的可愛和值得流連。這個不具有什麼目的的單純力量，當她啟程而前往時，她也不知覺那內在的操縱，只有一些現實事體的憂慮和困擾，她根本不知道那潛藏的心思的盼望，直到那分毫不差的邂逅，好像一萬年前就定好而在漫長時光中忘懷了的約會，經過幾世的轉迴而現今已不再認識，俗世的衣裳掩沒了原有的身份，但是卻逃不脫靈魂電眼的交視，一場原有和表有的掙扎於焉開始，在那有限的時空中劃分出屬於他們本有的永恆，在那充滿市聲和慣有的紛擾裡有另一種音律的交響，只存在那兩顆心的脈動裡。到此，我不得不結束這個故事給我的無窮想像，而你讀到後儘可保持緘默。此刻我想，我們不要被世界的無情集體化淹沒了個人的本性；雖然我能這樣想，我們仍不免陷入於世俗生活的泥沼，並且跟隨著越陷越深，已經感覺到壓迫到胸部，快要封住嘴巴和鼻孔的呼吸。到此地步，想離開沼澤返身回走恢復矯健的身手已經不可能了，唯一可想的，只要放棄這肉身，放出心靈去浩瀚無涯的自由之空，在那裡似乎有著更多的真實讓我們滿足和快樂。

二

他投遞的信阿平並沒有收到，這是一個多月後兩人通了電話才清楚的事，檢討失信的理由都不得要領，於是他問阿平，如果他還留有底稿，是否願意看？阿平希望他能影印那份底稿寄過來。

約過了一個多星期，他沒有任何阿平的信息，這樣再過了幾天，他收到一封阿平寫來的短箋。

這短箋是這樣寫著：

跟你通過了電話不幾天，我摔下樓梯，把肋骨摔斷到肺裡面去。初送台北一家醫院，放了八小時沒有急救，休克了過去，再轉送「榮總」時已是天亮。在急診室動了手術，把肺插入管子，沒有麻醉，活活痛死。現在出院了，仍然不太能走路，肋骨不能上石膏，每有小動，就真正痛徹心肺。我一個人住在台北市一個老舊的公寓中。母親也在病，我不能回去。明天有人會來送牛奶，我將這封信請人帶出去寄。三個月後，等骨折好了，必然想法又不一樣。現在活在孤島上，也很不解，這樣子活，居然還是存在著生命的意志。頭昏得厲害。你別急，我爬不起來接電話，等好些，就跟你通消息。

他的回信這樣寫著：

這幾日縈繫於心的是你那肋骨的疼痛，我幾乎無法有立即的行動，去看望你或寫信慰問你，因為我不知道是否會過份的打擾到你；我遲疑的本性總是這樣地使自己不知所措，腦中一直盤繞著你痛苦的形象。想不出如何能使你減輕痛苦或能為你分擔著什麼，甚至想如何使你發笑假如我能在你眼前扮演小丑。古希臘的季諾在八十歲時有一天出門踢傷的腳趾！他痛得仰天呼號：「何至如此？」可見這種意外是多麼痛徹人心，好像得道般大徹大悟。

我想你平時一定有些要好的朋友，在知道你受傷時趕來看護你，雖然父母都年紀很大了不方便來。平時那麼愛戴你的讀者也一定在獲知消息時為你祈祝早日康復。我所能想像的最糟糕的事情莫過於你突然地受困於室內不能到外面走走，你一定想念現在秋天的晚風的涼快和美意，當你預期的復原到來時，恐怕已經是嚴寒的冬天了。像我這樣遙遠的朋友對你真是一無助益當你迫切需要幫助的時候。我是個自來就習於為常喜愛做家事的人，假如能在現在為你做些菜餚或為你侍候早餐必定是我的榮幸；但願從來沒有人像我現在那麼全神關懷你，這種思想似乎讓我向你暴露出早為被人忘懷的古典主義。

三

朋友，噯，你的來信是好的。

不知你是否看過卡夫卡寫的一個中篇，叫做《流刑地》。我只看了一次，幾乎嘔吐。至今不能忘卻，那個獨特的刑具能那麼把人慢慢整死——一天吧。

在肺中插入管子讓肺膜中的血流出來的那九天，我常常在想念《流刑地》裡的殺人機器，甚而起了羨慕之心。那書中受刑的人，不用一天就可以死，雖然還是慢了，而我痛成那個樣子，卻不能死。前三天一直叫喊「給我死，給我死」並不是一句台詞。叫到後來，覺得自己是一座四萬里方圓之內荒蕪人跡的孤島，那種鎖在靈魂裡的「沒法叫人瞭解」已使我今後的日子，在性格上改變了。

在我肺膜中的氣穿出肺外，在身體裡亂跑，把背上膨脹到成為一隻大碗一般的氣泡，而狂痛時，護士小姐對我說「妳太嬌了，也不至於那麼痛到要叫喊吧！」然後醫生巡房時也說「妳不堅強，再叫趕妳出院！」這一剎間，我並沒有在叫，因為剛打止痛針。等到痲醉效果消失，那根接在機器上再插入我肺中一個手肘長、水龍頭皮帶管一般粗的管子，又以「吸力」在我肺中抽血水時，我一定不許自己再叫喊，於是把口腔內的肉壁咬爛了。

九天之後，管子拔出來，我不必鎖在床上接機器，我請護士把我拉起來，即使天眩地轉吧，也拖著四根骨折，自己走去上廁所。那「能夠起床上廁所」這件事情裡所包含的「尊嚴」非同凡響。也在那以後，我再想起一位全身骨折，已經臥床十一年的青年朋友，我突然感到了他的無助和巨大的孤寂，我明白了他說不出的苦痛，那已成了一個「啞靈魂」的重度殘障者，過去，我實在不夠愛他。

以後的日子，每天我試著捧住不能上石膏固定的肋骨，輕輕的一步一步走，在走廊上散步。總共打了七十六瓶點滴，快八十針在手臂和臀部，這些嚇不到我，骨折的痛苦也可以忍耐，但我下意識的會去探頭看看其他「胸腔外科的病人」，如果他們身上有一條粗管子由肺裡引出來，引到地上透明血罐再插上機器的情形，我自己就感到那種痛又傳到我身上來攻擊我。那麼想走到孤零零軀著的榮民老人身邊去，對他說「你一定很痛」。我突然知道了，同情並不是一種罪，在他人極度痛苦的時候，同情減不少一絲肉體的苦和疼，可是仍是必要。

醫生說，拔掉了管子，病人心理上大約有兩天還會感覺到有管子插在肺裡，我也是。

說，可以住一個月，回來休養再兩個月可以不再痛骨折，六個月後能夠自然癒合，終生不可以提重的東西，旅行再不可背登山包。在半個月滿的時候，我通知醫院，我——要——回——家。一個別科的醫生跑來對我說「妳這種摔法一定還是很痛，回去一人不能有人拉妳起床怎辦？」我說「試試看」，他說「妳一定很痛，現在感覺的是骨折的痛了，因為不能固定」。我聽見他說了兩遍「痛」字，呆呆的看著他，心裡突然感到一種人性的溫暖慢慢流過，我再看這位醫生，他相當年輕——當然，就因為年輕，他還有著一份其實在這份職業上須具備的「倫理學」觀念。他愛病人，同情病人，試著瞭解病人。這種關懷，其實就是另一份病人得到的力量。

有些人，在受過痛苦後，會改變。朋友，我也變了，我感到我對一切生病的人，有著一份欠負，他們是世上很孤單的一群人，沒有人瞭解他們的痛苦，他們是一種被鎖住的苦靈魂，人，在極痛時，精神和肉體是不可能分家的。

收到你的來信，是我下樓去買牛奶的夜晚，我試試牛奶的重量，只拿了一瓶，然後在細雨霏霏的台北市陰沉天空下，一步一步慢慢的走，輕輕的踏步子，免得那微小的頓足都使我骨痛。信箱裡，你的關心來了，在整室巨大的安靜裡，突然吹來了大地原野的氣息，吹散了都市的悶和心裡那被困的無力感。

很有趣的是，由摔傷，到急救，到那九天昏昏沉沉的大痛，到拔掉了管子，到回家來，突然面對一個公寓的寂靜壓逼，到夜裡反來覆去都是「不可能」的奢侈（我已經維持仰天躺下的姿式一個多月了，肌肉也快瘦死），到我慢——慢——的習慣了與世隔絕的日子，到我想起《異鄉人》中男主角莫梭在監獄中的奇想——就是把他放在一個枯樹中一生一世，他也可以觀察那細細微微的樹心，天上偶爾飄來的一片雲，看一隊螞蟻行過……過一輩子。「關」的滋味出來了，而我把電話常常切掉，沒有時間觀念的週而復始的細嚼一個人的日子。我的心沉澱下來，我安靜，不做什麼，偶爾吃一些東西，像老鼠一樣。我非常不歡迎有人熱心的來看我，我的生活秩序已經建立了另一個自我的小宇宙，外在的春花秋月已不存在。而我不急著回返樓下的世界。這才使我想起某些你早期作品中的「感覺」！我懂了。雖然這是兩碼子事。

想到你所選擇的生活方式，常常認為那未曾不是極清朗的一片宇宙，難怪你不住台北。明年什麼時候去苗栗看看你的地方好嗎？秋天？可不可以？

四

今天早晨我突然想著如何將讀書的感想和願望寫一封私信這兩件事結合在一起。這兩件事原本不相關。我知道讀書的印象可以寫成一篇書評投稿發表，而寫私信應該談到兩人間相關的事情；但是我心裡卻抗拒著自己正經地批評別人的作品而讓人以為想當書評家。人們總是認為批評者高於創作者，其實不然，這其中涉及到許多性質和來源的問題：創作者依然是最高的，因為原創者只有一個，而對這麼一個原創者的批評卻可能有很多，不可能許多的批評會有一致的看法去對一個原作者。這種事從社會的生活也可以看出來和印證。我心裡一直想要再給你寫一封信，這事盤繞我心已經許多時間，卻生出諸多的悲觀來。一個人活著憑著機會而發生感情來，並且似乎依憑著這許多層次的感情而活著。但不論友誼或愛情，我和你似乎都極其緣薄，只有一點點短暫的時光和物件，就像一般平常遇到的情形感覺不出特殊。在我的記憶裡的兩次是：二十幾年前在明星咖啡店的一次和最近在皇冠畫廊的一次，而那兩小本蓋有你的藏書印章的畫冊是我從你的男友住處取來觀賞的，我應該寄還他但留置至今我覺得更應該直接寄還你。但你知道在二十幾年前我取用這兩本畫冊時並沒有什麼預謀存在，以便在二十幾年後寄還給你而想獲得什麼來，那時你遠在西班牙，我只是偶然看見這兩本畫冊的美和特殊而想留在身邊翻看研究它，僅此而已別無用心，這是你可明瞭的，直到再遇上你，我才想應該物歸原主而寄還給你。如果沒有這麼偶然的會見，它們還會留在我的書架上，它們曾經隨我十幾次的遷徙而沒有丟掉，因為我喜愛那你有蓋章的特殊標誌，好像愛著你本人似的。那麼看來現在我是有意圖的了，即使是這樣，我也不會承認或明說，這是我悲觀的理由，充滿對現實的失望，因為在現實中我和你是不可能有深的和實際相處的友誼和愛情的，唯一希望的是偶爾在想念充沛的時候提筆寫信，假借種種的理由以達心中的願望，實現另一種的存在。

在這個暑假裡（事實上我已退休，應該不能稱作暑假），我有機會比較完整的讀到現今幾位有名的作家的作品，我不知道你是否對他們熟悉而有深刻的印象，即使有，可能像我一樣在以前是零碎的，譬如在雜誌或報紙副刊上看到的單篇作品，但現在我讀的是他們較多的作品集在成冊的書上，所以能有較明白的讀後感想，不論如何，讓我在你面前而不是公開地表示一些觀感。

從略……

夏日像從後門溜走了，迎門而來的是涼秋，我的鄉居生活從來就沒有什麼新鮮事，因此不免咀嚼起來過往的事物。我似乎在前信曾提到很久沒有以信會友這回事，那是因為沒有一個可資表達的對象，直到再次遇見你——使我——想到你最初那瘦長瀟灑的印象，竟然留置至今還有那身同樣的姿影，又多加了一雙要看透人的眼神，使我在你面前心裡有點顫抖，然後像已經明瞭我似的移開就走了，真的，省卻了自己的表白之外，我不知道會不會有機會第三次遇見你，或有更好的文思寫信給你，我真的一點都不知道。

朋友，好呀，終於找到了一個可以在文學上交談的人。你的先前來信，前一陣因為很重的傷，事情就停止在那摔下去的一刻。一個多月過去了，我沒有拆你的信，別人的匆匆看過，就好。你的不一樣。

木心尚有一篇，請一個人擺地攤賣人偶。（好像是）是有一回不當心在什麼活動場合看見的，所以只是快快的看。從此我一直注意到他。很驚訝的是你替我講出了木心給我的感覺。此人是極高貴的，他的內在世界相當華麗而豐富，就如張大春，也是同樣的滿，而他們當然不同。能夠懂得欣賞這等人內心觀照的我們，其實並不太多。

你所舉的幾位之中，張大春應用文字的活潑ㄐㄧ近頑皮ㄉㄠˇ蛋，令人失笑，可是非那樣，出不來他的情調（不用「風格」，情調是更神祕的字眼），在《四喜憂國》這篇作品裡，看見一個人如何駕馭文字如同大劍俠舞劍，那份驚心動魄呀，大手筆。

木心和張大春所不同的是，木心本身的「傷」，在在可以由他的文字中看出來，而張大春絕對不傷自己，他是混在裡面活，燦燦爛爛的活，看木心有一種被刀輕輕割過的銳痛加上鼓聲。看張大春只想尖叫——耶穌基督與你同在。然後大笑起來。這種笑裡面，有我的激漾。我更偏愛張大春。因為本質上，我是木心。偶爾，我可以變成張大春的世界，那就使我有些緊張得笑個不停，因為不習慣。

至於周夢蝶，他的人、詩，都是寒的。就單薄了。這關係到食不食人間煙火的生活經驗，我是喜歡紅塵之人，夢蝶凡事認真到不肯「失足」，結果這一生最大的錯誤也在於此。近年來，他的門關得更緊，我大概十數年未見他了。想來關閉自己也是一種循環。夢蝶再下去，是寫不出人間味的東西了。這沒有關係，可是那份「空」又不是「真空」。我巴不得他更加「真真實實的辛酸」些。事實上他是真真實實的辛酸，但作品中看到的並不重。

劉大任是個悶沉沉的好將，不過我很怕一種「文章背後又有暗示」的作品。雖然每一個人的作品，都自然有著另一種消息，躲在裡面的，但不可以使人感受到它的「意圖」。我常常看見劉大任那欲言又止的意圖，所以不太感動。但他很好。

我很自然的將陳映真和劉大任連在一起。

至於文壇中的爭論，那只是等於關起門來鬧了些家務事，開了門臉色不大自在，路上的行人根本看也不多看一眼。圈圈太小了。

倒是你的形容詞「有如一個女子最後嫁給一個老實可靠的男人而忍痛告別了那位浪子」

使我嚇得要掉信紙?你難道明白,我一生所不能忍痛告別的就是本身這種浪子的性格?你難道明白我一直想著修正自己,去做一個老老實實的女人而不成?

這其實是我終生的性格,我知道這一輩子不可能放棄這些「廢話」,也永遠為「現象所傾心」。我不能乖乖的去守住股票,我不愛那樣的專心,而對於藝術,為什麼一輩子不肯放棄或說在這片大海裡飄零至死,還是不會改變。

其實我還是清楚的,在欣賞一份他人的作品時,我的創造也同時產生。這份再創造偉大了作者,而讀者是成就他們的人。

我明白為什麼在閱讀這件持續了一生的事上永不厭倦,因為我總是在一頁一頁的「再創造」了作者的心靈,以自己變化不定的閱歷,同樣一本書,每過一陣再去看它,所觀照的東西都是不同。這使我的生命永不老去。自己也十分驚訝。

捱了一個月,事情耽擱了怪多的,現在還是痛得吃止痛藥,可是那些瑣瑣碎碎的小事和人事,又來偷擊我了。再這樣我要去海邊了。

五

十月底,他給阿平寫了一封信,描述著自己在現狀中的生活。這信是這樣寫著:

今晨,我出外寫生,在我住的山腰處往下走,由一條岔路再下坡,折過一道短橋,上了一片較廣的梯田,沿田埂走著,眼望著前面和左右的景物。我背著畫袋,手提著折凳,尋望我的目的物。這裡的環境我是走熟了的！從鎮上搬來山區住已經七個年頭了，平常日子的散步就在這一帶附近的山巒，穿越樹林或橫過田畝，但我不是農夫，走起路來頗有羞愧之感。散步就是散步，為了運動的理由，一面還可觀覽景色，但是卻沒有想到有一天會重提畫筆對它們描繪。這十月的日子，天氣大都清朗，高秋的炎熱在白晝裡照耀，因此在這個月份中勤於外出寫生便不覺也畫了十多幅的風景。而自三月退休，四月開始畫素描以來，好像真有介事似的在專心作畫呢。其實，我知道只是在擺度我的時光罷了。近三十年沒有畫，開始時困難極了，不知如何下筆，充滿著恐懼和排斥的心理；那種笨拙和惱怒的複雜意識更加阻礙著我；畫什麼？怎麼畫？只有從頭開始罷，而不是所謂跟隨時代的畫風去抽象或潑墨什麼的，只有老實的從根本的素描重新開始，注視簡單的物體，就這樣動起手來繪畫了。現在仍舊有心裡的疑問，可是已經漸漸習慣，每天都想出去，不然就在室內畫素描；只有每天都能畫一些，才覺得心裡有些安定，那麼其他時間做什麼都無所謂了。

從外頭回來常是已經過了中午，因此馬虎地做些麵食吃下。你說「難怪你不住台北」，我必須說，我住那裡或不住那裡，往往是被逼迫的，而不是我心滿意足的選擇。我在鎮上原有一所父母留下的矮小和破舊的房子，只有十四坪，因面對某市場，在忍無可忍之下棄屋遷離。二十多年前，我離開台北，走往霧社，因為我在城市打零工已經五年，無法安定的生活下去。在山上當臨時雇員又遭老闆欺視，只好回到童年的故居來。這樣的一個落難男子在自己出生的家鄉住下是十分痛苦的，一個沒有什麼成就，沒有職業工作的人是被人看不起的，不像在城市可以掩藏過去。

當我實在走投無路從霧社的山區回到故鄉時，我這樣暗暗地承諾著自己將來一定安於謀求的任何工作，默默地生活只求安飽不求聞達，並且相信自己只是一個和別人一樣平庸的人，這樣的人有他的懦弱的生活哲學，除了盡責養家外，我沒有愛。如果這是不確的，愛總是有的，那麼那是埋藏在我內心的東西，是從來不示給別人的。

這個星期來，我的睡眠都不好，使人覺得害怕的夢纏繞著我，當我醒來時就無法再沉眠了，只能躺著靜靜思索夢中的景象，感覺四周寂寥無人，整個屋舍空洞無人，只有一個卑屈的人臥在昏暗的書房裡。有時，像這樣的情形，會是一天的開始，我起身到廚房燒開水，洗完臉正好接著泡咖啡準備早餐。我一個人吃著早餐，它往往是我一天中的正餐，我準備有吐司麵包、有牛油和花生醬、有一個煮蛋，和切開來的柳橙片。我總是儘量吃飽，以便可以有一天的工作氣力，中午或晚上則依心情而定，隨便打發過去。

我真的不敢確信你會想要在明年的什麼時候來。我不是那種你想要探視和憐顧的受屈的藝術家或什麼樣的人，我是一個平凡的人，孤獨寂寞但可以頂天立地自給自足的人。假使你真的會來，那會是一件大事，但是從來沒有大事會在我的生涯裡發生，不是別人不想安排，就是我的遲疑性格不讓它發生。你不一樣，有如你說我不一樣相似的，我心裡盼望你來，假如不把它看成大事的話，我會像對待一般賓客般把你迎進來，問你要茶或咖啡，在這之前當然我要請你坐在客廳的沙發裡，再禮貌地問候你旅程是否愉快，感激你，說你的光臨是我的榮幸。所以你在信尾問我「可不可以？」完全是多餘的，要是你突然在三更夜半打電話說你已經在鎮上的火車站下車了，我還不是會迅速地開車下去接你上來。這事情想來是頂滑稽的，因為從來沒有人會在五十歲時還有衝動的熱情去做二十來歲時才有的那種像大事情似的美麗期盼，把它視為終身大事般去憧憬。可惜，這事臨到我們頭上時，你還有三個月的療傷，而明年秋天（今年秋天還未過去），我更不知道我是否還會安然地在這山區的環境裡作畫；現在我已在想，甚至是在趕，在今年的壞天氣來臨之前，這附近山色的寫生應該結束告一個段落，明年夏天天氣好起來時，應該移到那等待我去寫生的其他地方去，那裡會有新的構圖和色調等著我。以前用生澀的文字寫的，現在卻笨拙地畫在畫裡頭了，因為我總是把自已沉墮於黑暗的心裡，從那黑暗的心顯出形象和色彩來。

他生活在鄉下，能夠和阿平通信必定使他感到珍貴，但前面的那封信再度沒有到達阿平的手裡，他對這事充滿了憂怒，後面這封信有他的細述：

我非常疼惜那遺失的信函，不是為了語文，是為了那四張手寫的紙；這些白紙所剩無幾，是抽屜裡許久留下來為敬愛的人寫信用的，現在只剩這兩張了。我工作完畢，心情鬆舒下來，想到已過了半個月未知你的消息，因此違例（你曾說傷痛起不來接電話）打電話給你，才知那信函未到你的手中而頗使我驚訝。這像是個可惱的夢魘又回來發生在現在寫給你的信上，過去曾與海外友人通信，就發生同樣的事，不是遺失就是遲至，為什麼？我很感懷疑和憤怒，因為我寫信完全是屬於個人的事，也沒有參加組織會在信函裡暗藏玄機，可是由於我的個人思緒和語法的緣故，檢查信的人就頗費猜疑而盯上我了。我這樣說不是沒有緣由的，為何發生在我身上的同件事的頻率會這麼高呢？或者，有另外的可能，當你傷重不便時，你有較親近照顧你的人，他知道我寫信給你這件事引起他的好奇，假定他是為了你的緣故而不讓我的信再傳到你的手中，他的做為是滿有理由的，想來這封信又要落在他的手裡了，但願這是無稽的想法，是我自來患疑慮症的例子（因癌症死去的唐文標就曾經警告過我要小心），不過，把你視為珍寶而愛你照顧你的並非沒有，我這樣想。

這事無疑影響到我現在寫信的心情，使我沒有一個好的開頭，並且可能讓你讀到我壞心情的奇怪文字，而這封信便只有那壞心情延續下來的憂慮調子，把我原先預留在心頭的喜悅想法完全驅散，這不但使你損失那四張信文，還要再接受這份不該有的不快樂筆調；但是不寫又可能無法延續，這信函就如生命，沒有這一封就沒有下一封，沒有上一封就沒有這一封，環環相勾如一條鏈，沒有那電話，就沒有那再寄的拷貝和這一封信了。生命和信函同樣都具備著那「必然性」的邏輯，如果有人想再沒收這一封信，我還留有拷貝，我還是會在某一個時刻與你通話，使這一個通話的事體成為現在最重要和最貼切的存在樣式，它的堅決和頑固是沒有人能阻礙得逞的，除非你親自叫停。

前一天，我在午後才外出去寫生，繞山而走，在那山路上，我遇到使我驚覺和駐足的一條蛇，後來我微笑了，當我不斷地注視牠，而牠又不走的情況下；因為我走不過去，牠橫在泥土路面上佔住那空間，我要前行必須從牠身上跨過；又沒其他的徑道，一面是山壁，一面是崖下；由於路面有草和落葉，牠身上的灰紋只有在靠近時才辨識清楚。我已經走了有很長的一段路了，一直沒有尋到滿意的景，所以一直走，心裡正在想今天恐怕就會白走一趟了。

不過，我能認清方向，知道山勢，繞過去可以有路回家，而不必折返原來的路耗費體方。但是我不動，牠也不動地停在那裡，造成一種僵局的情態。這是我在今年見到最大的一條百步蛇，俗稱「乾尾」，那尾巴有一小段是焦黃成鈍形。我沒想到「立冬」了牠還未找到藏身窩去冬眠，也許牠還未吞到足夠的食糧，所以牠也驚住了，看到我這個比牠意想的還要大得多的物。我想應該找一根長樹枝趕牠走，附近的地面上卻沒有，這使我只好轉身往回走，當我轉身過後再回頭看時，蛇不見了，我更驚了，那只是瞬間，於是我又回來察看牠可能隱身的路徑，但山壁和崖下都看不出有牠經過的痕跡。我遲疑片刻，才放膽過去，但我相信我自己，在這廣大的天地間，萬物互有容身之地，無須互相傷害，所以我信賴我自己不會無端地殺生。

在這冬日午後迅逝的時光中，我終於走到一片荒草的地方，坐下來，靜靜描繪那眼前盛開在土丘上的一排寒草花。啊，親愛的朋友，這是我經歷的幻覺或真實的顯現呢？雖然是平凡，卻是多麼奇怪的遭逢啊！這次能聽到你一如往昔的聲音和知道你傷痛逐漸康復的消息，也是一種莫大的安慰。

六

好。朋友：現在是深夜一點四十二分。

很快樂的時間。夜來了，沒有人再會來電話，也沒有讀者明天的信件＋電話和冒失鬼的好心人，突然在我樓下按門鈴——說，嗨，是我，我特為來探妳的病。不，妳沒有跟我約好？可是妳摔傷啦，你一定在家沒事的嘛，什麼鬼？妳還是不給我上來，好，我——妳可以不見，問妳——水果要不要？水果——名貴水果加鮮花，你要不要？不然我丟在妳門口——樓下!!於是，最安全的一刻，讓我來告訴你，看了你連接兩封同時來信的感想——對不起，我哄著你遊戲——因為電話裡你的聲音急迫——我說——是三封信。事實上，的確只有兩封。而信箱是被我鎖住的，倒不是怕人偷信，而是廣告太多的時候，如果不鎖，那些垃圾要掉到地上把人的路都擋住的。

好，其實，我們的生活裡，最重要的東西，已經被我看了出來，我們不是沒有愛的能力，不看我們熱愛自己的「生活秩序」已經成癖了。你有你的鄉村散步與沙河。我有我的小樓燈火、都市。我們的日子，充滿著一分自我的孤獨——哦——這真是我們要的寶貝——我們看來沒有做什麼大事，你在走走，為了一條蛇，不知如何舉步。我呢——不錯——有一兩三四個熱愛我的人——我把他們都設定在四面八方的國外，而我——安全而不破壞自我生活秩序的活在台灣。這相當重要，不然車子怎麼開？「保持距離，以策安全」倒不止是一句交通口號。因此，當一個人（狗也不行的，我家中不來動的東西）偶爾掉到我們已然立下了「生活節奏」的那屬於我們獨立的時空來時，他們才是入侵者——好。五小時夠久了，可以。不然，我所表現出來的，就是一副無血無淚的樣子了。

你是一個有妻有子但獨自生活的人，我是有父有母有手足有朋友，還有男朋友一串的人，但是——我的生活，沒有辦法跟他們去混。面對我的父母，我一樣手足失措，無論在他們家，或在我自己家，我實在溶不進去。於是，我也問自己，是否、是否，我是如此的沒有希望跟人類去「生活在一起」，答案又是否定的。我的婚姻之所以令我深感幸福的原因在於——原來，也可以有一種人，他的存在，在我和他的時空裡，居然共有了一份安然的秩序，這是我的丈夫和我常常意識到的奇蹟。在這之前，沒有，在這之後，也沒有。於是，我的日子，變得好似在享受——品嘗——吃大閘蟹那般——一絲一寸的細吹——我一個人的生老病死。朋友，我們的個人世界太豐富了，豐富到沒有股票、選舉、沒有報紙（我近來已經不看了）、沒有電視、沒有「收入」（哈哈，我不好好寫稿，我在吃老本，生力麵吃得頭髮都掉了，也懶得去煮菜——倒不是省）當然，沒有職業。我跟你所感到不同的是，我是一種大大方方在混日子的人，我也不管人家如何看視我。畢竟我們不欠債，我們也不參加任何組織，我們不去打擾別人——但有限的讓人來與我們溝通溝通含笑而去（注意，五小時以內），我們對社會的要求是如此卑微，燈，我可以感謝了電力公司，人，我只要求那雜貨店——這涉及到人人人人的接力服務——我才有了一碗泡麵吃，這是要感謝的。在這些條件具備了之下，我只對生活充滿放心的感謝，於是，我把鐵門閉上，拴住。木門鎖好，拴住，於是，那美麗的快—樂—天—堂，在我眼前開啟了大門——不，我不在做什麼特別的事。我只是在洗洗頭髮，洗洗碗，每天把桌子擦得好亮，用手指去抹一下地板，看看有沒有灰，我去屋頂掃我的小花園，看那一方天空的月牙如何等閒成為陰晴圓缺，我也不感傷——哦，我是讚嘆的。這倒不是說，我在養病才造成了這種生活方式，不，我一生過的都是這種日子，包括我曾經所熱愛的婚姻生活——都沒有破壞過這種潛意識裡堅持的「秩序感」，不然我不會去結婚的。好。朋友，我又有了一個對自己的看法——我太真誠了。所以，在只有面對自己時，我強烈的意識到對自己真誠的肯定，因此，我不願把自己卡成任何「魔術蛇」的那些彩色方塊，只為了成為一條聰明的蛇。那太累了，再說，我也懶。

不懶的是，這一生的看書。倒絕對不是努力，那是我的「狂愛」，我愛字，我愛字的排列組合，我愛字的組合之後所產生的魔幻世界，那太迷人了——至於，看多了書，看了一萬本以上（有哦）之後，所連帶產生的化學變化——在我心中，在我眼中，在我笑中，在我淚中，在我衣著中，在我舉手投足中，所表露出來的後果，倒是我不注意的自然了。

吃書的人啦！也不一定，從一張小廣告，舊報紙，火柴盒，信封上仍然印著的什麼保密防諜這種字裡，都可以看出玄機來，更何況，還有民生用品上少不了的文字——品牌的名字啦，說明使用方法啦，藥瓶子上怎麼講啦，沒有撕掉的價格啦（阿拉伯數字）——都是我天天的享受。更何況，還有大頭書——是，我在看周文、秦文、漢文、六朝唐文——再加上一大堆亂七八糟的雜書——好棒哦。雜得我自己都不相信，可——是，這其中，又有一種井然有序的節奏，我不迷失。

當然，我也要出去走走，我一定一個人出去走走，我看那五光十色的花花世界，又看成了一本——好大的書。好棒哦——。不想看書的時候，我自己來做一本，也好。

我忙不過來了，這不是事業，不是刻意的經營，這是我的癡迷。不過，對於鈔票，我也是細細的去看的，看花紋，看設計，看尺寸，看顏色，看紙質，看有沒有水印暗藏，在美金上寫著——我們相信神——我笑了。看我煙灰盤的反面，有印章，寫著「嘉慶年代」，我又笑了，一百八十塊台幣，假古董。

好，我不是在殺時間，我忙不過來。包括我旅行時的飛機票——什麼行李可以帶多少，萬一掉了又賠多少，我都去細細看一看。我實在等於是「時間在殺我」，而我又沒有事情具象的在做。我真快樂。這個迷人的生活——有節有奏。朋友，其實你以為你在殺時間，那你畫個不停難道只是要殺時間？不是的，你其實有著同樣的原動力——你所熱愛的，不願由裡面走出來的癡迷。殺時間難道不容易，坐在電視機前，把人像一個呆子一樣的打發掉，不也過了？

再繞回話題來——你是有血有肉的，只是你的血肉，不是你家人的血肉，他們對你的認識不夠，所以要求（或放棄了，在你身上完成他們的幸福感。或說，他們也有渴望，那是你這種人的能力，所付不出的）。他們因為不瞭解我們這種人，才有了被傷害的感覺。一旦明白了一個人，一切的怨尤，都是自找苦吃。可是——站在人類悲憫的立場，有時候——我們還是要轉個角度，為了他人對我們不過也是卑微的要求——去做一點點，使他們幸福的事——站在他們的角度，慷慷慨慨的去做，也沒有怨尤。這叫做「擔當」。

好，老朋友：我在四點半的清晨上床，看了一本《越南淪陷對中美關係之衝擊》就睡了，這本書，還是要再看一次以上的。現在十一月十八日一九八九年下午兩點二十三分。

你的來信中有一種幻想——精神病人和天才的幻想，這不是貶或褒，這也是我世界中常常出來的東西。你想——或許有人在照顧我。這實在是很疼惜我的想法——在我的世界裡，有人在我身邊轉來轉去，等於是對我用刑，（我先生荷西除外）（他也不是人了，他是大氣）朋友，我那裡肯把我的城堡打開，放一個好心的人來打擾我呢？可是我的吊橋偶爾放下，為的是接受我實在不在意的食物——人家在意。我開門，收食物，說——謝謝，下次不可以麻煩了，——就關門。我的家人瞭解我，朋友瞭解我，或受了傷害，如果他們自信心不足，我的家是不太給人進來的。這已是我最後的據——點，哦，給我呼吸吧。所——以——沒有人偷去了你的信，起碼在我的家裡。

好，你的不快樂並沒有傳染到我，自小以來，你的筆調就是我所熟悉的，這裡面，有一種沉緩的節奏，一份空氣中安靜的落塵，也有你強烈的個人文字應用風格。如果這是你所謂的不快樂——哦——對不起——那倒成了被我們讀者所享受的好東西——對不起了！我在十九歲到二十歲時，已經看過你的長信，當然不是寫給我的，跟現在的一樣——長。我看得怪慢的，那種——不是來報平安也不是來借錢更不是講一樁確定要去實行的事件——例如某年某月同學會——的內心信。

我不知，有誰的不快樂會傳染到我，而你，你的世界，是我可以進去散散步的，這很好，我需要散步。至於把感情寄託在什麼事上的必須，我已不再交託在任何可以動，會動的東西上，它們不永恆，正如我不永恆一般。但我的我，仍是以我的意識在活動和知覺的，於是我將我的投入，不刻意的交給了工作，不拿出來給人看的工作，就很專心的忘了時間，於是，夜對我來說，總是太短了，嗳——。

現在我在寫一個「小說劇本」，基本上是電影技術配合的，已經寫了五十七場。它不止是一個劇本，我細細的寫，試試看，把那一場一場的情節、季節、衣裳、房內街上的景物，人的身體語言，對話時的口氣高低起伏——笑，光線，音樂都寫下來，包括「分鏡」。哦——很投入，但辛苦中實在非常有趣。這也等於是你的畫畫，一切都由最基礎的開始，在中間創作、學習、成長、玩味，慢慢來，一步一步耐心的做，我相當有耐心，在我自己選擇的事情上。好，你仍在畫，我已足不出戶兩個月零六天了，我寫了一個細細詳詳的劇本。有一天我再見你的時候，你或許已不在目前的地方——明年秋天我又那裡呢？都先不去想，也不要刻意去等，這才叫安然。不是生死大事。對，我還是認為死是大事，如果我生。

七

他和阿平現在常有電話，談些不必迹諸文字信函的瑣碎問題，或直接談到他們處理信函的問題，因為現在他們漸漸重視他們之間來往的通信，阿平甚至告訴他必須好好保管他們之間的信，她說她平常不留信，但他的信則要特別保留放在一個地方，她要讀好幾遍，在不同的時間，這是她以前沒有做過的事。

但阿平說，我們不要刻意為了通信才寫信，只是想寫時才寫，也不要你一封來，我一封去。他說他就是這樣的態度和看法，因為他寫信的背後沒有任何意圖和指望，就像他繪畫不是為了開畫展當畫家，他明白地告訴阿平，自然給他天賦，他把它用出來就好，其他不重要了。阿平說，好，你就繼續給我寫信罷，我不限定你寫什麼，反正都是信，說什麼也不在乎，可是我好珍惜它，因為現在的人少有這樣子寫信了。

由於他和阿平分隔遙遠的兩地，都沒有想要見面的願望，但電話卻可以互知對方的存在。對他來說，他常有好幾天連續不和任何人說話的時候，除了上街買食物會和商家問價錢外，他和人說話的機會就只有在電話中了，而偶爾能聽到阿平的聲音，常令他喜出望外，而阿平善於言談，那情形常常又是他只有聆聽的份，這點他並不在乎，因為他沒有在電話中說的，仍然可以在信函中寫出來。

我感到一種無以名狀的羞慚的臨現，當我那夜再度打電話給你而獲知你仍舊停留在室內沒有下樓去取信的時候，這之前有一小時又半的時間，當我第一次電話給你之後，我去把洗淨的衣服從洗衣機裡掏出來披乾，然後播放一卷錄影帶來消度和等候，如果那時你真的取到信回樓再剪開讀它的話，應該不至於太緊迫，所以當你坦白回答說出你還未下樓，實在是使我大感意外而震驚不已。

我首先在腦中出現你可能有朋友在場而不便離開的想法，因此我說沒關係。你在五分鐘後回我電話（相對的又顯得何其快速），你說還有另一封信，是某人的，我又有了另一個想法加進來，那就是你的確太忙了，可用一句話顯示：人人需要你。這一切使我能想像出你現在生活的情形，事實上是你生活在台北自來就有的忙碌樣相。我約略可以瞭解你必須處理許多的信件，那可能要佔用你大部份的時間，因此我想你已經建立起處理信件的方式，依照一種像是服務的原則而安排有先後的秩序。不論如何，這個想法雖然與你真實的情形有差別，但卻給我解除焦慮難安的途徑。已經是晚上十點鐘了，對你而言還不晚，對我則必須準備就寢的時候。

往常在就寢之前，我會彈半小時或更久一些時的鋼琴，在今夜這種特殊的情形下，為了支開我前一刻的思緒，是不好彈那些已經熟悉的曲子，像是為治療而用似地，我翻開巴爾托克的練習曲，找一曲未曾彈過的〈In the Style of a Folk Song〉來彈，這樣便能專注精神以取代那有有點紛擾和挫折的情緒。半小時後，我以那熟識的修曼的〈夢幻曲〉來結束一整天的一切工作，為今天的生活放下休止，放開一切去睡眠。我累了，很快地便進入休息成眠的狀態。到第二天的清晨二點鐘時我醒來，是因為尷尬的夢境的關係；在一個演唱會的場合裡，有人遞給我一本樂譜要我唱一首我不擅長的歌曲，我在無可奈何下一面視譜一面張口而唱，我的意識（夢本身是一個知覺的旁觀者）清楚地知道，我正以堅忍的意志延續那荒腔走板的歌唱而沒有中途停下來，唱完我打開眼睛知道那是夢，在心裡充滿困窘和荒唐的感覺中起身，離開睡眠的書房，走到廚房飲些解渴的冰水。

昨日的一切都過去了，今晨南下的寒流籠罩著大地，我聽到屋外颱風的聲音，從窗子的玻璃可以見到搖晃得很厲害的相思樹林，天空瀰漫著暗靄的灰雲。我知道今天已不可能外出去寫生，只有留在屋裡打掃一切；今天的黃昏家人要由城市回來看望我，約有一個多月他們沒有回來了，我必須把家人的事物整理一番以便迎接他們，其實這並不特別，平時我有空就是做家事，絲毫沒有家庭主婦在而荒廢懶怠的習慣；我的生活裡必須要有寬敞的空間，乾淨整齊的簡樸家具，這也就是我為什麼捨棄市鎮避居山畔的理由；我甚至要堅持一個人居住的生活，把過去二十多年來的責任和義務在今年完全做個劃分的階段；在人生裡有那麼一個吃重和艱苦的生活對我並不算是苛責，而是一種考驗，一種認知，也是一種必然的煉獄；但這一切必須在適當的時候加以停止，使之對那訓練的過程有一種確然的明白認識，使之在清明的意識中對那時光的考驗有一種感懷的心情，而不墮入於永恆的忿恨裡怨天尤人。在我的內心裡，我最愛我的家人，現在比過去更愛，分開比在一起更能體會這個事實；我也要讓他們知道這人類愛的特殊途徑，它不是以一種夜以繼日同模的形式在進行，而必須適時創新形式來表達，否則就是一種桎梏和僵化。過去的歲月是為著新的一代的撫養而操勞，充滿著忍受的千辛萬苦，好像是一種同命的聚合體，現在更要使他們知道個別存在的意義，由於這種分別而使那愛彰顯出來，使過去的能延伸到現在，使個別體不因長期的同命感覺而埋怨不自由，而自由是滋生尊敬的法門，自由之後也變得不自私，這在成長的意義裡是重要的課程。

同樣，在藝術的表現裡有同等的示範，人類的精神是依真理而創造那「個自有別」的形式，同樣的形式不斷反覆延續反而使真理曖昧不明，造成難解的苦悶；因為精神的存在是鮮活變動的，真理顯現在每一個不同形式的現象裡，而不是駐寨在某一個固定不變的形勢裡；這樣才能應合真理是普遍存在的事實，使每一個生命的存在才有其地位和價值，也唯有這種現象才能造成欣賞、同感、互信和愛的效果，才能體認宇宙是一體的，才能認知造物者的無所不在。

這就是我能在貧賤中自安的理由，而不是什麼天大的道理；這也是我能掌握我自己的理由，而不是什麼奇門法術。你有你的，我有我的，這之間不是鬪爭和吞食以求統一和尊王。人與人之間的瞭解和尊重，完全靠那藝術的表達，靠音樂、繪畫、文字，各種的創造和服務以求認知，也靠愛情以求那產生原創的意志。這些都不是我意以為的想向你說教，因為這些事體在你本身是充足顯示的，只不過是換另一種說詞來交換和禮讚各自不同的生活體驗而已。你說我們之間的通信以私事為主，從開始我就主動這麼做；我們的通信也不以有意要達成什麼目的為宜，這也是我在先前說到的，有如我的日常工作一樣，但憑我的情感和靈感為觸因，我不能確定它的發展是否能順暢，或明定一個主題，我只能掌握現在的時刻做些事而不寄望明天的雄心大志；但我忠誠於我的感情和能力，我只開採我的礦脈，貯存我辛勤換來的財物，我努力工作，以不辱這被賜予的生命。朋友，在我投身的環境裡，我知道我能做的是什麼，我只是在完成生活而已，隨四季的變換穿上足夠保暖的衣服，隨時序的不同，在三餐中吃點不同食物，隨著時際和品好和別人做朋友。但是我依然是我自己。

八

真的。朋友：

我們是一種對於「質感」相當重視的人。這種信紙受我喜愛的原因是：寫起字來有一種自由的感覺，不過下面要墊一條布，而不可以是硬紙板。你所使用的一種信紙，已是我所不會用的。它們的密度相當緊，以至於沒有吸收的效果，而我是不用原子筆的人，用水筆。有一次在文具店裡看架子下面散丟著一疊黃色的素色棉紙，我抱著它走到櫃台上去，想知道他們有沒有存貨，給我的回答是——小姐愛這種粗糙的東西做什麼？現在的紙質完全不同了。

於是，我只有那麼薄薄一疊寶愛的紙，也不捨得拿來寫信。於是，我試了各色各樣的信紙，發現自己跟這種航空薄紙有默契。那天信紙用完了，我在夜間微雨的八德路，一家一家文具店的架子上找，就是要找這一種紙。有趣的是，在第五家小店裡，有一個大約二十歲的年輕男孩子，也蹲在地下翻那些形形色色的信紙。當，他手中握著這一本待售的信紙時，他向遠處一個中年人喊了過去——爸，我找到了想要的，就是這一種——的同時，我向年輕人叫了起來，接近嘆息的輕喊——噯，你手裡拿的正是我要的那本。不過我不要了，是你先找到的。

好，結果他們父子兩人，很客氣堅決又悵然的把「這一本」信紙「讓」給了我。老闆娘如何推銷其他的信紙，他們都說——不要了，下一家再去找找看。

不過我還是要換紙。我覺得這種不夠好。

那父子兩人是誰呢？我猜，他們為著一種特定理由，特定的對象，很特定的動機（平常，他們不寫信的），要寫一封信，這封信，不同凡響，於是，下雨天也好吧，父子兩個出來選紙了。而當我們都在專心的選紙時，兩輛選舉車在夜間九點半已經空曠了的城市裡，「哀求」——親愛的選民，某某人懇求您的一票，只要您關心國家的前途，就是關心自己的命運，請將你神聖的一票，投給多少多少號——某某人——親愛的選民——。（我就是你的命運！聽！）

我，抱著這一本信紙，嚇得快冒冷汗。

如果，如果我關心自己的命運，好比關心這一份挑信紙的專注，那麼我們的民族，我自己的命運，會不會比較更有轉機？後來，我又對自己的驚嚇罵了一句——神經病！就抱著不可振動的肋骨，一跑跑回家中來了。

以前，我看《民生報》，它很生活。現在《民生報》過了黃昏就買不到了。可見，不愛看選舉新聞的還是怪多的。不過，《傳記文學》仍是我百讀不厭的雜誌。很好看，從小看到大，包括在國外時，也是請求家裡每個月給我寄。近年來，它又不同了，許多以前政體之下看不到的文章，都出來啦！真棒。

今天你講，畫了一隻「紅色的水壺」，發現簡單的造型裡涵藏著那麼飽滿的東西。我就是——這種——永遠為現象而傾心的人。不必什麼大戲給我看的，只要上街去買一個便當，人呀，車呀，房子的燈光啦，天空的色彩啦，路人走過時彼此的對話啦，小攤子上冒出來的氣味和那冬天裡的白煙——還有，還有千千萬萬個凝聚或飛散的現象、現象、現象，都使我著迷。我總是在生活中「入戲很深」。自我陶醉得相當厲害。

常常，我站在公車站牌的對街，看，看那些等車的人不一樣的神情、姿勢、衣著、髮型、性別、小配件、鞋子、手勢（如果他們不是一個人在等車，他們在一起等車）……我就要看得心跳成好快。萬一我太投入了，我就過街去，靜聽，有什麼句滑落到我耳朵中來。有一天，我聽見一個女人對另外一個女人說——如果他會發現他，他就不是白癡囉——。又有一次，我看見一個媽媽對小孩拍打了一個小耳光，小孩子也不哭，可見習慣了，然後那個媽媽說——媽媽打你，是為著要你好——我大笑起來，大笑起來，我真的很受振動，真的，媽媽打小孩，難道還有別的藉口嗎？媽媽是偉大的代名詞，包括打小孩，都是偉大的母愛。我深深的受到了感動與驚嚇。又有一次，我在寶斗里裡面逛，一個妓女對路人喊，老妓女對小男人喊——小弟，進來——快樂！

那一次，我聽見她的「用詞」——進來快樂——喜得東倒西歪。天下，還有比這種叫客法更令人動容的嗎？我正在細細品嘗這份驚天動地語言魅力的同時，一個小妓女，拿了一盆水出來追著我——潑。

口裡叫著——對我——我×妳老母，幹你娘，妳給我去死，看，看妳老母——我真想衝上去告訴她——他媽的，我實在喜歡妳——還沒有行動，那個小妓女一看我，呆了，狂叫——「阿平——我是妳的讀者」——我再回過神來——我們擁抱在一起，然後，我們手拉手，（下一個鏡頭）阿平和——她——一同在吃——哈哈——文蛤薑絲湯——誰付錢都沒有要緊——。都可以啦！朋友，好不好玩，這種生活。豪華生活。

我熱愛我孤獨的生活，我熱愛我生活中每日更新但看上去又周而復始的平淡生活。我的生活，就是我的創造。

朋友，我實在忙不過來，怎麼肯——哪有時間去賺錢呢？我當然也很愛錢，可是我的生命要求，一天五十塊台幣就可以達到了，那我——那我——我還是去玩別的，不必花錢就可以使我的心，快樂得——哦——炸碎了的「現象」。我常常一不自覺，心，就澎一下炸掉了——。嘩，好棒——。朋友，讓我告訴你哦，有一天我站在街頭，看一個擺地攤的中年女人，她沒有注意她的生意，她好似靜止在她個人的宇宙裡，豐富的張力在她身體語言中透露出一種比羅丹塑像還要「飽滿」的巨大沉靜，我當然看癡了過去——然後，我連一隻十塊錢的頭髮夾都不買——免得驚動了她，我悄悄的，悄悄的，從她身邊走開，好似小偷。朋友，好不好玩？

又有一次，我在地攤上看見一件外套，可是老闆沒有鏡子，我試穿了，沒有鏡子，老闆好抱歉的說——跑警察，沒有辦法再預備鏡子——我穿上了他的貨色，大剌剌的走到隔鄰一家「超級名牌店」中去，說——我要鏡子。那個小姐一時被我催眠了，立即說——在那邊。我走上去，左照右照，然後對「名店」說——謝謝妳（真誠的）再走出來，就被「名店名店」的小姐眼光茫茫然的跟出來，就在「名店」外面把外套脫下來，對「地攤人」說「對不起，我不合適」，就施施然走了。走的時候，還沒有忘記我的雨傘。哈，好一個美麗的下雨天。

我想，我是一種「癡呆生活的浪蕩子」，無藥可救。但是，活得這麼精彩，為什麼要救，為什麼要藥？

朋友，我一直搞不太明白，到底是「無藥可救」還是「無可救藥」。好在，就是你懂，我懂，他也懂的句子就好——反正我們知道，意思就是——沒救啦！

一得救就成了「下嫁一個老實忠厚的男人」而「忍痛放棄了那個浪子」——（你的比方）。忍痛不舒服的。

不過，還是——朋友——讓我告訴你哦——這種對自己浪子的定位——可不是一朝一夕就把自己給認清楚楚的。許多人，是叫我浪子，他們看見的，是一種表象的浪子，例如說，離開家庭了，國外去了，嫁了個「交錯文化」的丈夫——而那個丈夫又是一種人人也肯定的浪子——潛水的嘛——然後與眾不同的裝扮啦，去些別人不去的地方住著啦——等等，等等。

其實，浪子對我的定義，很不相同。這三年來，我住在台北市，前三年，好長呀，跟父母住在一起，一家三口，過著再安定也不過的家庭生活——我也不大出門，不跟太多複雜的人際關係在來往——可是，我還是可以，就在原地踏步——表象上，而內心的強大自由和頑皮，只有增沒有減。包括媽媽去洋台上澆花，對花講——妳這棵花，也不長，也不死，葉子到是黃了一片，嗳，是什麼意思呢？——都可以使我從中得到玄機，更何況生活又不是那麼一句話。

好。朋友，我又搬出來了，人，以為——這下好啦，阿平脫離了父母，又要翻江倒海啦——結果，我不是，我把自己——關——了——起——來，加上摔了一次大傷——更好啦——我從此割斷了多少枝枝節節的生活不必的必須，成為一個真正大自由的人。

我實在沒有在做什麼。包括花錢。不花錢，就等於大富。很忙。不忙。日子很簡單。一個便當。一天。安靜的充實生活。

常常躺在沙發上，連音樂都不要。

至於編劇本嘛，那是一種投入，但也是很佔時間的東西，它可以佔去我的「工作狂熱」以及我的「靈感」、「表達方式」、「組織理念」、「人生經驗」，但——是，我一天尚有六小時睡眠，我睡四小時半，可以吧，於是，我仍有一小時半「以上」——如果我享受不睡，去做些我所做而沒有任何動機的事情，例如說，在這裡塗塗寫寫，放筆自由。你看，我把「自由」先寫成了「自己」再去塗改。（我做劇本時，一樣可以放鬆。）原來，自由，就是只跟自己在一起。

有一些朋友，試著想改變我，告訴我說——阿平，妳不對（聽，對錯這種字眼出來了，很可怕），妳應該，去好好嫁個人（聽，應不應該這種觀念出來了）去嫁個人（聽，女性最終的目的，出來了）安安穩穩的過妳的日子，（聽他們把一切人生不同類的幸福，在安穩這一個名詞下，給卡死了）然後，他們才認為，這叫做「過妳的日子」（聽，我現在的日子不叫做「我的日子」）。

朋友，你以為人類是可以溝通的嗎？

哈哈哈哈哈哈——。

這才好玩了。

不要溝通，不能溝通，不必溝通，因此造成了，人，可以亂七八糟去做他愛做的事情——包括傷害社會、家庭、民族人類的事情，還理直氣壯。好玩。形形色色的。不過，我不是那一種。我只是安安靜靜的不響。也不溝通。

當，人，以友愛的出發點，來說「我勸妳啊——」時，我不太說什麼的，我還給他們那種「蒙娜麗莎」的微笑。

昨天，在電話中，我對你說「朋友，我們不見面」你十分瞭然這句話中的我——直接的我。使我產生一種自由的安然。朋友關係，如果不使人感到自由，就很困難再進行下去了。

一般人不懂這個我的想法，有時，他們並不那麼想念我——正常的嘛，卻為著在「友情長存」的善意裡，千難萬難的來看看我啦，打個電話啦，來「安定」他們心目中對「阿平好朋友」的友情。

於是，雙方吃力。

我覺得他們低估了自己已經存放在我心室架子上的「肯定」。他們對我，並沒有把我安放在他們心房的架子上「定位一輩子」，所以還來看看我，看看我。不過，今生的確有著三、五知己，就不做這種事，我們根本不見面了，可是，萬一，有一方，發生了獨立不能承受的大事時，我們這種不見面，立即消除。見到朋友難關過去，好，又不必見啦，各自去生活。

這個時候，我們產生了一個問題——照妳這麼說，朋友是要來做什麼的？朋友重不重要？朋友為什麼在五倫之內？朋友到底是什關係？

好。朋友，別人對朋友怎麼講，不干我的事。

我的朋友，就是——畫了一隻水壺，會想去告訴他——我畫了一隻水壺——而對方，會回答你——好棒哦——的一種人。

我常常去電話吵朋友，「常常」針對一個女朋友，她不煩我的，把心中的話，亂七八糟傾倒給她，有時是輪到她向我倒什麼東西，兩個人都可以喊「好棒哦！」

我們同住台北市同一區，但不見面。

如果沒有了她，倒是寂寞了。靈魂啞了不好。

向你寫信，是一種腦筋的休息。沒有壓力，沒有目標，沒有特定主題，沒有時效，不必修飾，不必組織，不必ㄅㄆㄇㄈ查字典，不必跟你計算稿費。
這麼多沒有，沒有，這麼多不必，不必，造成了信紙上的草原，不，我只放馬半轡，沒有奔馳。

好。朋友，這本新信紙，是那父子兩人已經拿在手中，因我講了一句話，他們就讓給了我。我豈是如此自私的人呢，是他們，一定不肯買了，說要我買下，他們再去找。這件事情，使我常常因此記得那父子兩人的身影，以後偶爾都會——他們永恆在我的記憶中了。
有關「質感」的事情，實在很吸引人一談。不過，今天談到這裡好嗎？

我的生活沒有改變，一樣，在外表上。劇本仍在進行中。你又出去畫畫了嗎？
我去睡了。晚安

又筆：
至於說，那天我沒有立即下樓去取信的原因是——很簡單——那個偉大的導演——正在審我的劇本。他審得很細，我得專心對待「劇本方向」和「情緒」。於是，如果我下樓去拿了，還是放在一邊，等到我已然「出戲」了，才能去拆你的信。
是的，我平均一星期上百封信以上。
全世界的朋友——不是我的讀者——都在懷念我——尤其是聖誕節來臨的月份，包括印度教，猶太教，回教，佛教，道教的朋友，都會寄張卡片來，說——我們想念妳。
十二月，是想念的季節。

我信成災。沒有壓力。
有關音樂，又得當心，不能講了。
今日可睡三小時。

九

你那靈活的思想和文字叫我捉不住你，我的朋友；你是一條流動的水，我是一個湖泊；但你不曾流進來使我豐沛和飽滿；我知道你的存在，你卻繞彎而過，後來成為一條河，注入大海。我只期望雨水，當你是海洋的一部份時，你的本質升上空變成雲朵；當雷電打擊你時，你才落下來；我似乎感覺到在時光的末端有少許的雨落在湖邊，是你的，也可能是我想像的；以為是你，其實並不然；我見到的是現象，我假想那是你，為的只是在自我安慰。

假使你住的是一座自設的城堡，我的朋友，你便是一個單獨的精靈，一個純白色的形體，沒有面目，只有當你打開閘門迎客或開窗望向四野的時候，是一個人形的模樣，軀長而面目清秀。我是一個毫無裝備的獵人，因此終年一無所獲，遠遠看到了城堡，走近它，使我戀慕它的堅固和安全，但我環繞周圍卻不得其門而入，因為此時窗戶不打開，閘門也不放下來。

像這樣的想像的設詞是多麼無稽啊，我的朋友。是什麼原因使人有這般的假想呢？答案是簡單的，有人會這樣說，而且許多人都能猜測得到，每一個人也都會卑視那單純的理由，就像每一個人都會嘲笑和不齒那樣的行為，因為那樣的想法和行為是不聰明的，最後也逼迫我承認我自己是可笑和愚蠢的。這真叫我好害怕，害怕我真的這個樣子。所以最好讓我去創作而能忘掉你；當我不工作時滿腦子充滿了你，好像創作也是為了你；我無法逃脫我的創作的自戀，假如那源頭來自於你，我的朋友。

我不是有意要把不快樂賈禍於你，或傳染給你，我的朋友，要不是你說出來，我還不知道我是這麼危險。我真希望每一個知道我的人都忘掉我，尤其是你。其實不用希望，人們早就忘掉了我，當我離開了城市之後；你也不曾記得我，當你流浪去沙漠的時候。

在先前的時光裡，我徬徨地存在著，那時你和我是不相干的，只是兩個不會會合在一起的個體，最多只是在喝咖啡的地方互望一眼而已。所以你不會因為我的不快樂而憂悶，你是不關心我的生死，最多只是微笑一下，或嘆息一聲。

現在我不應該再陳述著我的主題，這音調不美，你並不愛聽這詼諧的段落。你說你愛的是「質感」，我以為「質感」的另一實體是「心靈」，但是你並不喜歡用這嚴肅的字眼，你寧可喜愛那可以直接感到的「形象」，心靈對你太過抽象，無可依據。說真的，我卻拿不出心靈給你，要是真的質問我自己時，我拿不出任何東西給你。我貧乏有如沒有心靈的空洞東西，除此之外，我還能動顫，但那是形體的欲望。假如你要的是心靈那被你稱為質感的東西，那麼你不會向我要，你會向我以外的人去覓取，你知道這一點：因為我空乏如無，你僅能對我憐顧一眼，猶如你偶然在街道走廊隨處舉目看到的人。

其實，你已發覺這所謂的空洞東西由於長久的存有而開始有著心靈的胚芽；或者，心靈本身永遠存在，和那形體的東西一同存在，只是因開始時沒有察覺那不起什麼作用的微小顆粒，直到那形體為風雨和陽光的吹照而開始助長和成熟。當你看到事物富有質感的存在時，可惜那質感已褪色和老化，有如儲存過久的蘋果已熟透而鬆弱不脆實。

現在的你已不再喜愛啃咬哲學的理論，一切對你都過了時，像去夏留存至今年的果實已不新鮮和敗壞，引不起你的食慾。你活著，你這精靈事物，已經從活著的過程中變成了哲學本身，你投身於喜愛或驚奇於生活世界的細末去求證，微不足道的事（在哲學理論的時期是眼中無它的）成為你的生活世界的情節，感動於那些小人物或遇到的陌生人，有如你擁抱那辱罵你的小妓女。由於你堅守那質感的作用（或一切唯有質感才存在），那小妓女日日夜夜所抱煩和疼痛的事物對你而言就是最美的感動。的確，你現在所要實踐的就是看看能否在日常生活中產生驚喜和雀躍的效果，不是高高在上的俯視和思考，而是溶入於卑微和普遍，道出自由而不規則的步子。而你有時像一隻貓，在夜半中出來窺視巡逡一番，在白日裡總是躲藏在窩裡足不出戶。你也像一隻膽小和小心的兔子，怕被人捉去燉食。年輕時對哲學瘋狂的人，終會在那病症痊癒後成為哲學的化身，好像最古的文明人類是中國人、吉卜賽人，或猶太人，叫人感到他們內心中的心靈（質感）的重要，並且不經意地製造出他們特有和充足神祕的物件，他們的存在總是永恆的，因為他們的現實質感反應的正是永恆的心靈。

所以，你直截了當地把生活的事物當語言，你不再說那種在語句上開頭要加上「我想」「我以為」那種凡事以我為中心的文字，有如活得太久嫌煩把乳罩和內衣褲都丟棄了，有如把女人的曲線都削平了。我相信，有人是為這等情境而瘋狂的，拚命追覓這種境界。愛戀這世界中的最美，因為它是精華。有人所愛的就是這種捉握不住的東西，它像是快如閃電的思想，而它也知道被捉不住是維持那繼續愛戀的理由，就像對待一隻禽獸一樣，讓它永遠保持飢餓的感覺，甚至不惜讓它死亡，而不要讓它滿足，除非這隻禽獸有一天因它的鍛鍊和超越而變為神聖和能思想，能不畏懼地趕上那閃電的擊觸，才讓它住進這境界中來，讓它擁有這世界中僅有事物。

附上：素描、靜物（紅水壺）、風景和自畫像的照片各一張。

在寒流過境的那幾天時間，我畫了幾張靜物。上星期中，學習攝影的女兒回來看我並為我的畫拍照，所以我能順便寄幾張照片給你看。畫拍成照片並不好看，好像看不到真的東西，雖然我的畫也不怎麼好。照片是別一種東西而不是畫，它仍然叫照片而不叫做畫。這好比有些人去照像，洗出來的相片和本人相較是不相同的。有人也許從照片裡看起來十分美麗，認識的人就會表示意見說那人在照片裡更加好看。為此，有些人持相反意見不喜歡拍照，因為他在照片中總是像個壞人模樣，與他平時為人的善良表現有分別。無疑地，畫拍成照片總是對不準色調，照像館在作業中常將色彩做調整以符合他們認為理想的樣子，因此風景的綠色調便染了多些的紅，使天空和地上的稻禾燃燒了起來，甚至有些景物看起來都變成了剛燙熟的蝦子，或像是烤過的紅皮鴨子。

我不是在抱怨照片的失真使你看不到原來真象來肯定畫作本身較好，我們完全可以理解這種差別，事實上如果透過專門翻拍技術而不是經由商業的普通處理是能獲得較滿意的效果，目前在這鄉下是做不到這種要求，但我還是很喜歡這些照片能夠用來寄給你，這足以說明我到底在做些什麼事，至而不是辯護畫的好或不好；它們無論如何還是由原作拍下來的，可辨明畫本身的模樣；如果它（照片）令你覺得可怕，那麼原作也一定不足取，要借各種的理由說明照片和畫本身有如何的區別和差異做彌補都是強詞奪理了。

你會很快的看到那些畫作或將有一天會看到，不論會延緩到許多年之後，這完全視你的意向而定。但我必須表明我心裡的願望，那就是如果你真要看它們，我寧可希望我的基礎穩固之後的來日再讓你看到，而不是現在（目前的幾日之內）。我害怕你現在來看了之後會使我沒有勇氣再畫下去，那等於要了我的命。我知道我在前面已經犯了一個錯誤把照片寄給你，等於在要求（或邀請）你來看它們。而這錯誤是一開始就犯下的，不是單指寄照片的事；一開始我們都在信裡說出正在逐日做些什麼事情。事情就在這裡有了分野，向對方說說在做什麼實在無關緊要，因為對方都沒有親眼看到並不產生害羞；可是等到對方真的要來看究竟時，就不免緊張起來了，有種種的顧忌萌生出來。這有如你也曾告訴我你在寫劇本，不論你怎樣去形容你寫劇本的情形或將劇情也告訴我，這都不影響你繼續工作的進行，也就是說你不會懷疑你寫劇本的意志和信心，但如果我要求你在未完成之前先寄幾章讓我讀讀看，那麼情形就不一樣了。你真的會毫不考慮地寄給我看嗎？同樣的情形，我認為我還沒有完成這一階段的學習，我還沒有長成，你此時看不到我的方法和要旨，我還只是一個顛簸移步而行的小孩而已。所以，現在你與其馬上來，不如延緩些時日再來，一直留在你的原地而對我保持一份信心，相信將來有一天一定能夠看到你想要看的畫。

是的，我常從野外帶著滿身疲乏和頹喪的心回來，我的朋友，我不懷疑我的年紀和健康的程度能夠出外工作，但我疑問著我是否有繪畫的才能。我能安定下來工作的理由是我只為自己繪畫，因此我要怎樣畫就怎麼畫，與外在的世界評價都毫不相干。雖然如此，問題並不在於要有上面所說的孤傲的態度，而是一切發生於工作過程中的種種思緒的問題，這工作中的理念要把它演變一張畫的事實，那麼要表明那理念的存在，我每每在表現時遇到束手無策的困難，那難言的痛苦使我孤獨的一個人在荒郊野外中掙扎。讓我把話說清楚，當我注視自然中的物體時，我要相當的尊重它的形象，當我借助它表達出我的願望和信息於紙上時，我要瞭解和珍惜它供給我的那份資源，我和它結合於那所謂被畫出的圖像和色彩上，不但要看起來像它，也要看起來像我。如此才有創作的快感可言。創作不是單指把對象畫得像它的樣子就可以，那是模仿的行為，只有我和對象兩者之間謀求成為一個新體，才是創作。在陌生的野外，要說服對方也要說服自己是多麼艱辛的任務啊！常常會像個挫敗者般蹣跚地走回來，這是千真萬確的實情，不是說來欲求你的同情或博得你的慰勉。

但有時，在我戀情般身處的地域裡，也有奇蹟似的交響音樂進行，一切便變得順理成章般地舒暢和捷快。創作的奧祕猶如孤獨的自我和對象間的一場私有的交談，這交語的內涵的憑證就是作品。

對於我們，還不能有那麼直接面對面交談的機會，我的朋友，我們的準備還不夠，心裡猶存有緊張的情緒。我們的個體生命太複雜，雖然在想法上可摒除一切而單純化，但如果我在內心裡藏有太高的希望，那麼這份欣喜之情極易於在視為目的物的畫作的貧乏的表達中散失，一切不免落入於失望的境地。但只要有一刻，我們真的把對方視為自己，那麼它就是我們交談的開始。在所有人生的努力中，少有機會達到這般的境地，它的存在是永恆的勝利，因為那一刻是絕對的真空，有如開悟後對宇宙的全盤接納，是從所有現實裡劃分出來的區域，即使現實的苦惱很快的又侵臨包圍來驅走它，它已是存在於天國。在諸多現實的困擾中，我們的心裡總是不忘懷抱著美滿和幸福之地，這似乎不是虛妄的幻想而是真實的存在於一個未知之地。所以現在的生活和創作對我猶如是一段磨練的過程，好讓我能為一切在將來面臨的事做準備，好讓我配得那福地的靜謐和安詳。假如你認為成行已經不能再延緩，那麼你就來罷。我把你的到來視為只是觀看，是一個全然客觀的注視，不是主觀的投注。如是的話，那麼你一定懂得做適當的批評，憑著你豐富的閱歷經驗，不會過份驚擾一個自閉者的天地，因為他的心靈是十分脆弱不堪一擊的。

我假想你現在已經在這裡，在這個簡陋的屋宇裡，似乎一切遭遇到的均不是我們在未見面之前所想的那麼曲折和複雜，那樣不易進行溝通或假意的裝出易於溝通。我現在就那樣以為你在這裡，所有的內在空間都有你的影子，無時無刻均在那裡互相傳達和照應，當你的形體有一天真的出現在這屋宇的空間時，似乎一切都安然了，或有朝一日你的形體始終不曾留在這裡亦無妨，因為我欲求的精神已經居留在這裡永不離去了。

十

他和阿平間的通信似乎告一個段落了，到目前為止，他們在信上的文字都是真誠而純粹的，現在又是年末，生活在台灣的人到這個時候是十分奇怪的，充滿了緊張和忙亂只是為了要過「年」。他在鄉間獨處一隅，鎮上沒有什麼親友，因此可以保持他原有的平靜，作息一如常日。而阿平在結束了劇本的工作後，健康也恢復了，在這過年的期間，當然儘量和親朋好友玩在一起，因為她就將在這新的年度的春天裡和電影的工作人員，還有演員，一起去彼岸的大陸，去拍攝她精心寫出來的電影戲。阿平在整裝待發的前幾日和他通了電話，他好像是家中聽話的弟弟，姐姐要出門當然會對他叮嚀兩句，所以到底說了什麼實在並不重要。

春天裡，他作了些油畫，一個人在山谷裡觀察和思考，除了他感覺自己的存在外，這個生活世界好像並不意會有他這個人活著，不像阿平，到處都有報章雜誌不是刊登她的作品就是報導有關她的消息和動態，她在彼岸所受的歡迎也不亞於台灣本地。

到了夏天，他並不知道阿平回來；要是他打電話過去沒有人接，他就以為阿平還沒有回家；直到有一天，他接了阿平的電話，阿平一面說一面哭泣，說話聲和哭泣的聲音合成一起傳了過來。過了幾天，他寫信給阿平。

深夜裡，你哭泣的話語通過我的耳膜在我的心裡回響著。你說，為什麼他們都不擁抱：父親不擁抱女兒，母親不擁抱兒子，兄弟姐妹不擁抱，朋友不擁抱朋友，中國人不擁抱中國人，呈現著一個沒有愛的世界。為什麼？你這樣問我。你的哭聲感染了我，我也在流眼淚，因為我自小到現在所經歷的生活世界就是如你所說的那樣。好像我們都不該長大，長大了就失掉了那擁抱的溫暖一樣，走進了一個冷漠無比的孤獨世界。我原以為你是快樂的，充滿著友愛的生活，應接不暇地接受朋友投來的羨慕眼光，和喜愛歡樂的人處在一起，你也慷慨地把你天生的資質分發給他們，使他們能和你在一起為榮。或許在某個時候是這樣的情形，但是並非長久，好像花彩外衣被赤誠的利刃割裂了。那些在你美好和風光的時候追求你的男士們在你病痛時期已不再獻出慇勤了。你的父母也因年紀老邁而無能為力。於是你陷入了孤獨和無助，你沒有一個能在你最需要安慰時擁抱你的人，你伸出的手也沒有人能握住。但這些現象也許是表面的，真正嚴重的是那難以解釋的深沉內在。人類的內心是一顆從外象吸收精髓的核彈，也由外象的刺激而引爆。我心裡好傷心，讓我告訴你我年輕時在海邊經歷的一件事。

當我在礦區九份當小學教師時，每逢假日或暑假的日子都下山到瑞濱的沙灘來玩或游泳。那裡的海浴場簡陋極了，只有二三位救生員在輪值。一個夏日的黃昏，在遊客漸漸散去的時候，突然掀起了一陣聚集的嚷聲，大家紛紛奔向臨水的地方，有一位少女從水深處被抬上岸邊，於是大家把她團團圍住，像在目睹她美麗的赤裸。那少女的美好身體靜靜無聲息地仰躺在沙灘上，閉著眼睛像睡去一般。蠢動的人們互相推擠著，只是為了近前來觀睹這不幸溺水的少女。但是並沒有人敢去碰觸她，自被抬上來後像一條死魚一般被擺放在沙灘上，只聽到有人喊說打電話叫救護車，卻沒有其他直接的救助動作，而救護車要遠從幾里外的瑞芳開過來恐怕要延遲許多時間。注視那少女，讓人心裡焦急。我於是放膽呼叫救生員在那裡？

一個大漢臉色陰沉的站在我身旁說他就是。我說為什麼不給她急救？他說她的心臟已不跳了；我又說可能是休克現象，在醫生和救護車到達之前，應該馬上給她做急救。那救生員不高興地對我大聲：你能你去做。我那時還不會急救的知識，只看過影片裡急救的場景。我的心臟跳得很厲害，只好跪下來，好像要準備和那少女做愛一樣，雙膝分開蹲坐在她的腹部上，雙手貼合按到她胸部左乳的下方壓迫著她。她一點也沒有動顫，像是一個知命而馴服的女人，於是我想到另一個更迫切的辦法，那就是對口呼氣給她。我俯身下來，掰開她的蒼白嘴唇，然後把我的嘴貼緊著它，把我胸裡的氣用力送進她的口腔裡。每一次都需要抬頭猛吸空氣再俯下來吹進她的身體裡。在這個過程中，我不知道我做的對不對，可是我卻不能停下來，也沒有人想要來替換我或指導我。直到經過多時，醫生和救護車終於到達，我讓開給醫生，醫生檢查她，說她已經死了，叫救護車把她載走。我立在沙灘上悵然地望著車子和人群的離去，我突然感到無比的孤獨和寂寞。當我離開沙灘時，夜晚就像黑紗一樣在我四周向我包圍過來。這是三十年前的事，如今印象猶然歷歷在目，觸覺那少女冰冷而鬆軟的嘴唇的記憶依然存在，但是她沒有活過來使我感到悲憫。

十一

阿平又要走了，再去大陸，這次的目的地是新疆，去做什麼，他沒有問她。他從來不會問阿平去那裡或做什麼，除非阿平主動告訴他。他固守著本份，對阿平他只有寫信外，他不去探詢她的私祕行為，就好像他不去親近她，自以為他是阿平的最好朋友，這一點他嚴守著不侵犯他人的分寸。阿平說，這段時間她沒有信給他實在很抱歉。阿平又說，她十月前會回來，回來後她會和他聯絡，並且會告訴他在大陸的情形。他說，妳去大陸，自己一個人一定要慎加保重，妳回來後，我也許可以再和你通信，但一切還是順其自然的好。阿平說，我實在要感謝你常寫信給我，不過你自己也要保重，我已經習慣一個人旅行！一切都不會有問題，再見了。

阿平九月底從大陸回來，到十月初才和他聯絡，在電話裡，阿平透露出她這次在大陸的不幸遭遇，她說新疆的那個老頭把她鎖禁起來，不給她飯吃，也不給她水喝，一直逼迫她把錢拿出來，她說她沒有錢，只有一些旅費，那老頭不相信，說她財產起碼有一億。她求他給她水喝，那老頭說不給錢就什麼也不給，她求他放她走，那老頭說妳來了就別想飛出去。她渴得受不住，開始腎發炎，關了幾天就昏厥過去。她被送去醫院，救活了，她乘機逃走，飛到四川來。在四川病情嚴重了，電話到台灣，姐姐去看她，但姐姐來得慢，到四川時，她已經病好了，向姐姐要了一千元美金，姐姐還怪她是騙她的。阿平對他說了以上的事，說這一生再也不會去大陸，熱情已經完全消褪了，但現在她要暫時忘掉這個夢魘，她要去香港看片，看那部她寫的電影片，這部片已經參加了金馬獎，十幾項提名，她要去參加這一切的應酬活動。

阿平在電話中說話時，他很少插話進去，他保持一種讓她能順利傾吐的態度，對她說出的事絕不加以評斷，只有諾諾的聲音，使阿平那音樂般的聲音，在適當的時候增加了一點合聲。

他和阿平的電話連絡都是在深夜打的，要是他打給她的話，阿平總是叫他掛斷，再由她打給他，她的理由是長途電話費很貴，她知道通話太長他付不起。在金馬獎活動的期間，他們依然在深夜常用電話交談，而阿平主要告訴他她所見到的被金馬獎氣氛包圍的人們的動態和情狀！而她的結論是：每年為幾部爛片花那麼多錢辦這個獎實在有點神經病。

到十一月中旬，他感覺一切熱鬧活動都稍為平息下來了，他才給阿平寫了一封信。

整年，我都在期望著能再見到牠，那條去年驚見的、在山徑上偶然遇到的蛇。我走向那山區，在雜草和落葉散佈的山路走過，仔細地尋覓，冀望牠的出現。我轉頭在身後凝望，以為牠在我後面跟隨，但依然沒有牠的蹤影。甚至在那山坡的樹林裡探望，也看不到牠行過的痕跡。只是抬頭看到垂下的彎曲的枯枝，以為是牠爬上樹想來驚嚇我。我耐心地一次又一次地行走在那條曲折無人蹤的山路上，僅僅希望能幸運而又巧合地見到那蛇的身姿，牠美麗的頭部顯得機靈，在我的印象中，牠是那麼神奇，那麼不可思議的生存在自然中，我見到牠的自由悠遊而見不到牠會顯出愁苦。在那次的邂逅，牠是十分坦然地擋著我，又十分奇幻地消失身影。從今年春天到這冬初的日子，我情不自禁地會想念牠，我付出行動走向牠，牠卻不願領我的情，不願見我，使我只能在夢中見到牠盤我的腿，讓我震驚而翻身醒來。我要的是清醒的時刻見到牠，在山林裡，在牠生活的地方，而不是在我的臥室，在深夜的睡夢中。

回憶今年的日子，親愛的阿平（諾許我這樣稱呼），讓我在這輕薄的紙片上這樣叫你，只要不在現實裡；在你的生活圈中不乏比這更親暱的稱呼，你不在乎一個遙遠的友人的輕喚，除了你能想像我現在寫信的樣子，否則你的耳膜聽不到這叫喚的聲音，但我相信你是「聲音」的精靈化身的形體，不難辨別我印在這文字裡的律動，不同的途徑似乎亦能同樣傳到你的心裡。回憶今年最初的那些時日，我這樣筆記著：拜訪者的腳步來的遲緩，而且不是年輕的詩人；小徑鋪著乾枯發白的甘蔗葉子；春天的訊息昨日才傳來，地面上的泥土猶帶著冬季潤濕的色澤。

浴在風中搖曳的是玉蜀黍頂端的褐色光冠，還有高高度過冬寒的田邊乾草的老鼠尾巴。身形細小、白色的蝴蝶輕狂地翔舞在迷濛的空際中；赤腳的農夫在遠處雙手捧著為燈節做糕底墊的青葉子。你是否聽到鳥鳴？拜訪者？發出細碎而嘮叨的聲音的是山谷中的麻雀，你現在舉目所見的都是綠色了，並且看見偏南地帶的上空，大型的斑鳩轉了一個圈子，然後停棲在一棵樹頂上，高傲地背對著你。

昨夜，你答應我讓我封閉的手再度寫信給你。有片刻間，我沉默著，細思和辨別你是否真誠地承諾容許我發出訊息給你。你也沉默起來，這一刻間正好形容著阻隔我和你之間的空間距離，形容著兩個形體間不可靠近的事實。我們認識於你年輕戀愛的時期，時過境遷，我寫信給你也是憑介於藏書的奉還；其實，我現在才是想認識你的時候，好像不曾有過往日，現在有著一種初識的新奇。你也許不計較這一些，因為你有豐富的生活經歷，你也許太熟悉人類的靈魂，知道它詭譎的願望，有如你一直表示不稀奇人類的愛戀，你僅僅要一種殊異的友誼，一種只閃現在你生活和工作餘下來的時空的文字意涵，它不會使你改變你現有的秩序，不擾亂你的心，像你在旅遊中顯現給你的形象意象般，你視這書函給你的是同樣的自然現象，它打動你本質的心靈而不是生活的心靈，這兩種心靈，有時似乎混合在一起，卻有特別的時候，它們截然二分，獨存在微妙的寓所，好像盼望有一種愛，它不要去碰觸到你那曾經豐沛地愛過的身體，你要它離你遠遠地，有如深埋在地底，你要它時，憑著你的心思活動就能感覺到它浮升上來。

彼時的春日（今年春天）又這般顯露著：
細草綻出黃土路面的裂縫
它投下細長的影子表彰它的存在，
而它在風中搖動和顫抖
猶如其他萬物；

最嫩綠的是篦麻的星形葉子，
層層開展如手掌仰向天空，
它們如此鮮脆的莖頭是否易於斷落，
那剎那間牧童的利鐮？

天空的淡雲有如白色薄紗在藍海佈放
拖曳著由這頭山到那頭山，

疏疏落落地露出天庭奧底的深湛。
春日在晌午前顯得有些慵懶，
好似有些傢伙還未從冬眠中醒來，
鳥隻成羣飛過這一帶窄小的空間
也顯得意態闌珊無精打采。
而那竹怪和樹蛙的鳴聲，喀喀濃濃，
它們叫了一陣後要到許久才又再響。

十二

阿平讀到上信，馬上在電話中這樣說：你寫的蛇就是我。然後再寫了這封信給他。

我的朋友：

記得有一年（去年了？）我打電話給你，為的是一個中國新年。那天我問你「家人回來了沒有？」你的聲音裡有某種「不屬於那安靜、孤獨世界秩序中的你」，於是我講不出什麼話來，把電話客氣的再見了。正如你所說：我的生活秩序中實在容不下什麼了。今天，終於買下了你後期的幾本書，在一個冬日黃昏微雨鬧市中的書店裡。

我還是抗拒過那麼整整一年，不，不是因為任何理由，而是我給自己和你定了位。終於，才去買的。

我們是一種不可相見的朋友。正如人和蛇，常常相遇就不能感受那份僵持生活在各自定點上的安然了。對，用僵持是沒有理由的，所以我劃掉了這兩個字。

你的文字境界，自小以來是某種時空魅力，對我而言，那份時空是一種巨大的寂寞，感受到的東西，沒有朋友可能分享，是有些悲傷的。

在你的文字中，我被鎖入另一座城堡。

包括作者你本人在內，你的作品，經過了我或其他讀者的再創作之後，都已無法與你溝通。

不過在這不能全盤交流的中間，仍有部份的可能交代，就是：今天我注意了一下五本你的書籍總價，它們一共六百多塊台幣。至於是六百多少塊，我因又用找錢去買了一個便當，就弄不清楚了。

我這半生以來，只有兩種方法處理金錢，一種是：不去用它。另一種是：用去了就算不清。

在經濟觀念接近低能的人——我，身上，實在沮喪於自己的與眾不同。還是去看你的書。很安靜的孤獨。

在這十月半（農曆）的時節裡，稻作已經陸續地收割完畢，行過那些鋪佈著稻草的田地上，使人感覺那富有深度的柔軟，有別於那經常踩踏的青草土地。年冬的腳步是近了，每隔

五、六天，就有一陣寒流由北方南下，吹過這一帶山丘，呼號的風聲越過山嶺，吹響高壓線的線弦，像孩童放聲大哭和泣訴。在我常去散步的山谷間，就是因為這變化著的氣候，把春天時的樣子完全地抹去，那些形象和色彩已經消失盡淨。而我想告訴你的春日，僅僅留存在我的記憶裡，這個供我寂寞時消閒的小天地，在大自然中根本微不足道，卻是我這卑微的人的思想和意象所在。我因為愛人太深的緣故，以致落得流放在這些無人開墾無人蒞臨的林木土石之中，去注視這些山林的變化，彷彿去思考著人際的冷暖一樣。

拜訪者學習諦聽各種的聲音；他也想重新學習認識各種的形物。可是，他既不知鳴叫的是什麼鳥禽；也說不出那些樹木的名字。他坐下來聆聽一種單音節的鳥鳴，介於琴鍵上所發出的中庸與快板之間的節奏，有如一個無奈的求偶者的哀嘆，牠來自深藏的樹林裡，卻清晰地散佈在山谷的徐風中傳遞，而且突然中止，像斷去了音訊，也尋找不到牠原在何處。

無論如何，他依然在另一個山頭，那遠遠的木麻黃樹的高崇形影酷像藍黑的騎士，出現在坡道的隘口，他不是要走下去，是要你迎上去。山頭間，相思樹林突顯出折曲的灰綠樹幹和枝條，柔美的弧頂是由細片疏鬆的翠葉點綴而成，空氣在那透明的隙間穿過去，輕輕地搖動著它們，好似一種可親眼看見的精靈在穿梭其中，而遠眺時，整片樹林卻像巨大的風勢在搖撼和撫弄。那搖擺著長翅膀逃逸而去的是斑鳩，牠在幽暗的黃昏空際中，背部轉變了顏色，也在寂寥的山谷裡顯得碩大些，好像海洋裡的灰鯨的脊背那樣，可以感覺那栗褐色的羽膚在奮力滾動。牠是那麼驚慌，是因為有拜訪者——或者恐懼那將統治大地的夜晚？

朋友，你不知道春天不情願面容的意態，至晌午時分，薄霧仍然未見消散。滿山沉鬱在時光中度過，只有樹梢能感覺一些生息。疏疏落落的鳥鳴顯得無精打采，這使人抬頭瞻望密林的所在，空氣裡的確滿含潮濕的訊息；空蕩的心靈憂鬱地期待著，好像那瘦痛的筋骨欲望著復原。昨夜這山林的睡眠有如謎語，否則這晨間為何始終保持著沉寂。

有時霧所搭起的布幕遮去了整片桂竹林，只留下晨光在近前顯現的一條道徑；翠綠的草因昨夜的霧浴而耀眼，輕佻無重量的小白蝶像嬉戲般出現又消隱。隨時隨刻都有聲音來自那寧靜的延續，流動而演化的時光，不知疲倦的注視和醒敏；而無時無刻都有願望來自那無欲的底淵，這空際原本一片虛無，反而充滿著意想不到的景物。終於出現的竹林開始有戲劇化的演變，這是因為距離、陽光和時辰的配置；但是你只能幸運地目睹著形象和色彩，卻不能明白也不能支配這景象的一切。

十三

我親愛的朋友：今天是公元一九九〇年十二月四日，我剛剛做好了超音波，回到自己的病房來。離開了自己的房子，所帶給我的是一個完全失去主權感的客屬關係。我不喜歡台灣的醫院，它給人一種有求於它的傲然，使得本已不健康的人，在這裡更加壓縮他的人格，變得不合理的卑微。已經兩次了，不笑的男性衛生員，不敲門便粗魯的推開我的領域，自己走到浴室去。當他發現我的水瓶被移放了地方時，便對我很凶的警告。

這種被對待的方式，充滿在整個中國，我不敢在這麼細微的小節上對任何人講「人道精神」，雖然在西方世界，這是我的權利。

許多年了，每當我回到中國來，我所感受到的便是一種委屈，起初曾經因為種種現象，以及我，處身在這種現象裡的不快樂，感到灰心——算了，我不想分析了，總而言之，我不喜歡醫院的日光燈，我很怕醫院裡每一個象徵「我可以管妳」的人，我失去了鎖門的權利，我必須等人按時送飯來就得按時吃下去，我不明白這一切，於是全身緊張得發痛。好，今天寫到這裡。朋友，我不喜歡這裡，他們不給人抽煙，進來的這一刻，就立即斷掉了做為一個人，一生的習慣。在西方，醫生是慢慢給病人過渡期的，這兒，我必須很堅強，來對待突然加諸在我身上一種無形的極權。我很沒有依靠，只有把床沿的扶手拉了起來，將自己放在那鐵板手之間，尋求意識上的「屏障感」來使我覺得安全。當我把床兩邊都豎起了欄杆的時候，護士小姐進來笑著說：「不行，這樣圍著妳如何下床？」我說，我可以翻出欄杆去上廁所，她笑笑，叭一下順手拆去了一邊的鐵杆，於是我求她給我保留另一邊，她不明白我的緊張，不解的注視著我的時候，我已接近崩潰。

我去找另一個枕頭，我不敢問任何人，因為我認為在此地，任何提出要求的人都是不受歡迎的。我在「被褥間」中張望，有一個不笑的臉在問我「妳找什麼？」我含笑說「我想要另一個枕頭」。她去管別的人了，我僵立在原地不敢動彈。她——護士小姐又說——「妳回房去，枕頭不在被褥室」。她拿來了枕頭的時候，看見我脫去了醫院的被褥套，整整齊齊的在床單上鋪了一條氈子，護士說「妳還是用被套吧！」我說「被套很皺，我有潔癖。」她說「妳還是用被套吧！」我不說什麼，她自作主張的抱了一床被套來，替我鋪好，再說「妳要豎起欄杆來嗎？」（順手要取下那唯一的右手床欄了）我說「我要」，她說「那好」。帶著幾分容忍的修養走了。

（十二月十一日）再筆：結果，我出院了，你的電話來了，我已經不能再講話。醫院中的經歷是「每五分鐘被突襲一次以上」。朋友，我想，醫院是使好好的人發瘋的地方。出來後我全身疼痛到吃止痛藥，原因在於肌肉永遠緊張，裡面的「胺基酸」都跑出來了。等我熬到金馬獎以後，我想一個月不見人也不接電話。

好，不寫了。朋友，我如此真誠的對待你，包括說「掛電話，快要瘋了」都是出於真誠，你明白的，不是你騷擾了我，是積壓的。

•

我希望有一顆平靜的心來給你寫這一封回信。早晨我到山谷間去散步，把你的信帶往那裡去讀。你在信裡所說的事實，一點兒也不為過，這種感觸完全是我在我的生活裡到處遇到的，想到它還要延續下去，不禁讓我全身感到戰慄。近幾個月來，屋前馬路的拓寬工程，它的不近情理的施工方式，把我的住屋裡外覆蓋了不斷加厚的灰塵，即使我緊閉著所有門窗，還外加一層塑膠遮布，依然無法阻擋沙塵的侵入。我得在晨昏擦拭我的坐椅，其他則任其堆積了，因為我們不知道它什麼時候才能完工，每天都看著它靜靜擺在那裡，任來往的車輛輾滾著那些沙塵到處飛揚。我從你的信中看到另一個靈魂在那裡緊張的發抖，像你這樣被崇愛的人都無法享受到應被尊重的人權，何況其他人呢？我完全無法意料你會告訴我這些現實的事，有時，我會誤會到以為只有我一個人在忍受這環境和人際的侵犯和迫害，其實不然，這是整個有病的中國靈魂在那裡作祟的結果，造成每一個人都不那麼親善可愛，反而充滿了敵意和虐待狂性的現象。

可是，你不論遭遇到什麼，你容然保有那天庭般亮麗的聲音；我想像你要是在憤怒中喊叫，在悲傷中哭泣，在各種的情緒中發出聲音，都是一種美的音樂，使人無法抗拒。我是從你那天生的本質來欣賞你的，如果我有病，我要的是這種珍貴的藥石。你也許並不知道，朋友，你的聲音可以使徬徨的靈魂安靜下來；這些日子來，我是在這種自私的狀態下打電話給你的，你的聲音一出現，我就靜下來聆聽，甚至我就變得說不出話來，直想要陶醉在那樂音中，好像我所有的需欲都被它填滿了，再也沒有什麼可以奢求的了。所以，我要為我的魯莽的衝動向你致歉，我完全不知道你在你的生活中這麼忙碌和緊張，這麼身不由己，幾乎完全給了別人，而我竟在這無知中打擾你，加增你的負擔，你應該不客氣地對我斥責，說別再煩我，只要這麼一句話，就完全可以把我斥退。我是完全可以忍受得住的，雖然你是我這一生中發現到的唯一珍貴的樂音，但我知道我沒有那麼幸運能擁有常聽到它，雖然遺憾，但只要我知道它的確存在也就夠了。

然後，阿平給他寄了四張她的「小影」的照片。

年末，深夜，阿平給他電話談再進醫院手術的事。

翌年初，阿平死於醫院。

懷念和敬佩安格爾先生

我永遠不能忘記保羅·安格爾先生第一次給我的難以簡單形容的印象；一九八三年夏末入秋之際，我受國際作家工作坊（簡稱IMP）之邀抵達美國愛荷華大學；經指引，我從山下緩步朝安格爾先生座落半山腰的住屋走去，我看到了那座莊美的木屋，同時看見一位高大的男人單獨站在陽台的柵欄邊也看到我。他的俯視，一定覺得我十分的矮小，因為我是個體格並不高大的東方人。在這之前，我沒有見過安格爾先生本人和照片，只讀過他的詩，因此我最初不能確信陽台上的男人就是他，但馬上在心裡又認可他就是安格爾先生。他不動聲色地讓我走近他的屋子，而我在先前抬眼看見他之後便不太方便仰頭注視他，而我們卻在最適宜的距離中，不先不後地同時舉行打了個哈囉招呼。如果是拔鎗，那才會分出誰快誰慢。然後，他半轉身朝屋裡像求救：「華苓，華苓；」呼叫那位中國作家最有名的朋友和大姐的名字，「你的中國同胞來了。」我瞧見一張善解人意的美麗面孔從門扉出現，她見到我就驚喜地叫我的名字，而靜待一旁的安格爾先生跟隨著說：「MR：生。」在現場的那一刻，以及往後的日子，我都感到他實在是太有禮貌又太好客了，表現得如此謙遜和可愛，並不計較對方和他相較之下是個微不足道的人。

我們都知道保羅．安格爾先生是ＩＭＰ的創辦人，首任會長和主持人，但在近期把它有形有色的發揚光大的是他的妻子聶華苓女士，尤其對所謂中國作家而言，他們的木屋，像是遠離家鄉來美國作客的中國作家的溫暖家庭，也唯有所謂中國人才有這種與別的民族不同的感性和需要。在安排參觀約翰．迪爾公司的現代農機和美術收藏館後的盛大歡迎晚宴的餘興節目中，世界各國的作家都是單獨表演的，唯有中國作家，以華苓女士為中心，一起站出來像個小隊般表演了合唱，獲得最大最長的掌聲。雖然我自覺我們並沒有事前共同練習過，也唱得不好，但我們在那臨場的緊急時刻，卻有攜手合作的意願和默契，使別人看起來不可輕忽。事實上，要不是有華苓姐的存在，所謂中國作家，沒有那麼幸運能夠使台灣和中國大陸兩地的作家在一個特別的地方像實驗一般生活在一起，露出愉快的神情，互相暢談，互相瞭解和親慕。這並不是說我們與世界各國的作家有分隔，其實我們和他們做了更好的交流，是因為得到我們自己的同胞的鼎力幫助。我常注意到在旁的安格爾先生，以他詩人的心，敏銳地感悟到我們所表現的一切，常常向華苓點頭稱許，毫無隱諱地露出以她為榮的長者風度。我有這等感想：那時能夠讓華苓女士那樣盡情發揮能力的理由，無疑是有安格爾先生那種獨具的慧眼和不自私的人格存在，才能使別人也同樣做出盡其所能的坦然表現。

他比誰都年長許多，而且是美國本土最有名的愛國詩人之一，他的理想表現從行動中創辦ＩＭＰ，懷抱全世界各國的小大作家，就可資存證。這一點可以說，與另一美國詩人惠特曼的思想和情操的特殊氣質大異其趣，但相比美。但在這個時代裡，我特別敬佩他的大公無私的讓賢作風，當他年高時很有才智的、也很巧合地選擇聶小姐做他的接棒者，沒有人會疑問他的動機，當任何人接觸到華苓女士的熱情和才華的時候，一切都釋然，而後來華苓女士照樣秉承安格爾先生的理想意志，在適當的時候，將主持ＩＭＰ的重大工作交給另一位較年輕有能力的人去做，而不當為私有；這是美國傳統民主風範的表現，也是一種博愛精神，因為ＩＭＰ的理念，無論如何，非長存不可。平常我們都直呼安格爾先生為「保羅」，稱聶女士為「華苓姐」，這是由於認識經由體會而形成的自然理由。

在愛荷華短暫的一季時間裡，我三不五時會走進他們的屋子，常碰見保羅和一位十歲左右的小女孩，在客廳促膝相談的場合，她是他的外孫女，漂亮、健康和懂事，對比著高大英俊以及年老莊嚴的安格爾先生，這景象的確大大地感動著我——真美和祥和。據說他有一顆孩童的純真心地，這也許不是故意說的，好來讚美他的慈愛，因為我是親眼看到的。還有一個聽說，他在青年時期曾是個有名的馳騁於美國中部田野的牛仔，如果是，那麼我可以想像他一定類似西部電影裡那位身段瀟灑和作風使人欽慕的男主角。總之，他的一生是和他們的美國精神同步成長的，那種年輕體健時豪邁和正義，年高飽滿智慧時，懂得奉獻關懷和愛的友善精神。甚至可以這麼說：所謂美國精神，是因為有保羅．安格爾的至真至美至善的表現，贏得當今全世界各國作家的喝采，他成為道地的美國精神的一個象徵。

他回歸永恆的訊息傳來，是在接受捷克作家總統哈維爾之邀請的時候，我心裡當然會為我再沒有機會和他見面交談感到難過，可是，凡是他的朋友或家族，都會有這樣的看法感想：這是天主寵召的安排，在他認知他這一生所貢獻出的均能美好回報的無憾情形下，心情達到最高的愉快和滿足，飲下他手掌中平常酷愛的那杯加冰塊的威士忌，然後向我們告別而去。這是奇蹟，真使我們為他感到欣慰。每想到各國作家同聚一堂時，他是德高望重的大家長，聶華苓就是最佳女主人，我好懷念和敬佩他們兩位。因此，我在此向保羅·安格爾先生的安息敬拜。

一九九一年三月二十六日

有緣再相會

四十年代中期距今已有三十五個年頭，當時從不同的各地前來考進台北師範的，都是十五、六歲的男女少年。因為是公費和住校，在第一天晚上熄燈後，便有竊竊的哭泣聲從蚊帳裡傳出來。三四天之後，這種令人要笑的聲音才會沉寂。整整三個學年中，共同在一個大餐廳吃飯，在教室學習上課；清早全體集合在大操場上升旗和聆聽訓話，晚上睡前在寢室門前列隊唱反共復國歌。時光的推進，他們長大成人了，當大家混熟親如手足之後，便被分派到各地去擔當教職而互道珍重再見。

但任誰也不會相信這種的輕描淡寫便是代表著在那樣的環境裡生活和學習的一切。每一個生命個體的外表雖然都是相類似的，但內在卻潛伏著極不相同的素質和抱負。每一個人的內在來處，都是一個不可更改的執著世界，在那樣的年代裡，師生之間有如一條巨大的鴻溝，屬於個自的兩個範疇。在那樣的天地裡，經常顯現的是冷酷無情和畸視，但也偶有溫情存在，那就變成一生心懷中不能忘卻的感恩。校園無疑是一個小社會，班級只是這試驗的社會的一個小聚落，學習和考驗都是為將來做準備。許多人都相信在校園的班級裡已經可以見出某些特殊的端倪，師長們都喜歡注意著少數所謂優秀的才質，相對的，也都討厭那些所謂頑劣的敗類。

所以，《時報周刊》的王之樵來電邀約我，要我到北師校園與當年的同班同學見面時，我心裡既興奮又慚愧。我從來不曾想像過會有這樣的一次聚會。起先，我有點不以為然，以為周刊大概只為他們的刊物著想，卻未必能想想我的處境。為什麼？不只是時光已去久遠，還有我本身那裡談得上有什麼成就呢。可是，我卻可以想到我的同學，他們的成就非比尋常，像創辦《藝術家》雜誌的何政廣、馳名國際的現代畫家李錫奇、主持兩所畫廊的劉煥獻、開創風土民情電視節目先河的雷驤、在坎坷中獨創品牌的陶藝專家戴清村，以及以插畫和教畫培植兩位子女成為世界級音樂演奏家的簡滄榕等，他們非常具體地在現今的社會裡展現才華，為人榜樣，能有機會見到他們實在太高興了，因為從北師闊別之後，甚至有些還未曾有過一次的謀面，不論如何，去會見他們，分享他們的成就實在有與榮焉。

真的，看到他們的樣子，和他們交談，他們比我預先想像得更好更成功。因為我需要從鄉下長程搭車，又逢在高速公路車禍塞車，耽誤了一些時間，他們竟然耐心的在高陽下的校門口等候我，讓我感動萬分；這一分際，把當年師生們視我為劣等生的深沉感想一掃而空。我們急著去尋找校園中還存在的一些事物，坐在老舊的禮堂廊下開始話舊起來，而舉目所見，已一片新穎和陌生；在操場邊角原有幾間教室和練琴室，現在已經改建成一幢四方形大樓，十分簡陋和短小的游泳池卻依然留存，只是令人感嘆它的外圍加高了牆和佈設鐵絲網。還有那間用紅磚砌成的廁所，仍然掩藏在體育辦公室的後面；記得當時的校舍和圍牆都可明顯看出紅磚交砌的形線，它們被取代而消失了，再抬頭眺望也看不見那間兩層樓木造的女生宿舍。

時間已經過去那麼久了，見不到多少舊事物猶如意味著我們不能久留和徘徊，有一隻同學的手重重地拍了我的肩膀，在我耳邊這樣說：「你得要認份、要覺悟、要認輸，是不？」我也記得有一位學佛的朋友有一次和我坐下來飲茶時，他一面望著我一面語重心長的對我說：「我們畢竟都活過來了。」這句話已經包括太多要說而不必說的事實。王之樵過來招呼我們到某個地方去飲茶，這難得的聚會應該感激她，我們這幾個愛躉鬧的同學，像當年一樣喜歡搭肩勾臂，說說笑笑的進來，也說說笑笑的離開校園，胸前抱著書本從我們身旁經過的年輕學子，側首疑目的看著我們這幾位不知從那裡跑來的瘋子。

一九九一年《時報周刊》

認知與共識

一

首先我要讚美學生在廣場上靜坐和絕食的自發性舉動，而不是肯定他們是否達到訴求目的，就像我們感動於天安門事件中那位隻身擋住前進的戰車的青年的沛然勇氣，雖然後來戰車依然開向殺人的場所。

任何的存在，於過程中，在現象裡，片刻即永恆。它並不計較是否在時空中繼續延展和獲致效果；事實上，它能影響深遠，無遠弗屆地在心胸中打開啟示和振奮的門戶，無形而普遍地深植在心靈的記憶裡。

所以學生們無需自責（被迫檢討），如果要做完美無缺的檢討，那是你們的事。你們的美表現在於一個受管制和嚴格約限的、也普遍認為不關你的事的那種觀念的環境中，而你們在這種所謂成人的世界裡，擔負了成人老做不好事的責任。你們這一次意欲一定要那些成人必須徹底做出好事來。雖然，結果像是大人拗不過小孩的吵嚷要求，而破天荒地不以打罵而用安撫的態度擺平你們，但是，關於以後的事如何，那是另一個問題，大人們是否食言那是他們人格操守和能力的事，與你們已經無關。我現在寧可就那一刻（廣場上）存在的事讚賞你們，而不願與其他的枝節做混淆；雖然我們遺憾那位擋戰車的青年可能已經被判監或槍決，可是他的美已永恆存在於歷史。

二

有人也許要質問我：有鼓勵後來者效法前者，以滿足部份改革現狀而無實際行動的懦弱意圖。沒有，以後如有後來者，講求的一定是訴求技巧，考量效果性，與我現在說的「美」的範疇無關。因為合乎「美」的現象是自然產生的，沒有預設性和計意的效果，只有特定的時空氣候和意涵，後來者即使有類似的現象外表，但意義和本質則不同，這是可以感覺和觀察出來的。就像「人」和「猿猴」有其相似處，卻是不同的兩個類別；兩個「個人」的外表更有相同點，但卻是兩種氣質。

如果硬要混同和泛神，則萬物莫不是同心，宇宙世界莫不同始終。

當然，今天我們要提防人心的狡詐，正如我們要能認清新聞毫無忌憚的挑撥心態，以及語言的是非不明。

每一個人都有發言的權利，以及表達政治的意圖，但這個原則如不建立在誠實而可信的表達自己的話，這所謂的民主作風要比什麼政體更糟。

我們確信不移，當學生們靜坐在廣場上的那一刻，心地是純潔的，這一點我們要明辨是非，靠的是知覺而不是聽覺，就像我們判定某些政黨的謊言，靠的也是同樣的感覺。

有時我們覺得，我們所使用的語言已經超越了語言的代表性而爛掉了，這種不堅守其內在規則和普遍真理的語言，事實上，已經在各類的議場氾濫成災，像作賊喚捉賊，甚至加上肢體語言來推波助瀾，當然這是有人在語言中要詐的緣故，如在法律中找漏洞以合法掩護非法，而且兩不信賴和共識，其結果有如「狼」與「狽」之爭，看不出優劣耳。

三

許久以來，我們是創造不出美的族群，這是受「目的論」所延誤的緣故。這個「目的論」在此現狀就是「達到目的不擇手段」和「秦始皇想長生不老」的觀念和意圖。先不論這種觀念和意圖有什麼不對勁，檢視它落實於社會人生，卻處處都可看到野蠻和權宜的伎倆，聰明有餘而智慧不足的表現。

就以修築道路而言，雖天天修補，而且的確處處有路，卻沒有一條完整和平順的，路面怪模怪樣應有盡有，有如鬼臉。以那條最老的南北縱貫的省道言，現今的柏油路面模樣還不如四十年前那種石子路面的格調美觀和完整。這種醜陋的鬼臉道路，由於每天都得走，像教育我們一般的烙印在我們的心坎裡，養成了我們「忍受」和「漠視」的態度，責任移轉到每一個人要「小心」的身上。

我們看到和記得，李煥院長那饒富的內在感的表情，是螢光幕上出現他視察某區里，被問到是否知情為何這鄰近首府的地方竟沒有自來水喝的那一刻的詫異表情，就這一表演足夠贏取一座「奧斯卡」男主角獎。他的一個表情已非個人，而是代表著某一政府政治累積的形態，今天他把它十足地顯現在他那鎮國大臣的臉面上頗令人玩味。我很欣賞他處世待人時的臉目，是可意會到他的豐富而達練的好臉。

在同一時空中，另一張亦足可細細觀賞，那是總統的臉。

四

不論什麼觀念和意圖總是要講求可行性的技巧，而技巧不是權宜之計，它的品質和可信度，猶如上面所言的「名與實」對「理論和實際」的相配。

當學生大膽訴求解散「國會」時，我想大家認為那是非解散國會不可的，而不是誰有權或能力解散國會的問題，這種問題卻用法律加以搪塞，總統的謙卑並非真正的謙卑這是十分顯明可意會的事，同樣出現在螢光幕上。

在這同時，他也失掉創造和更新歷史、普受擁戴的機會。這個機會可遇不可求，他卻捨棄坦途那懷了武士快刀斬亂痲的勇氣和魅力，而寧可走荊棘的愁苦之路。我想這不是見仁見智的問題。他說他背著沉重的十字架，這是某種真心話，吐露了他自己的憂懼心聲。可是同樣的十字架，無人可與耶穌同義。耶穌心之坦然的慈悲，骷髏山一路是他預期的，就像從容就義一樣坦然以赴；而李總統卻為當總統恐懼而處處謹慎小心，雖然他知道這個總統不好當，卻認為非當不可，這可以從他「向小人鞠躬而提防君子」的作風，和模仿傳統的假戲真作上看出來。這也許不能太怪異他那得來不易的成就，在此不是深責，而是充滿了同情。

因為，我們的正統歷史只登錄誰做高官，並不記載誰做了歹事。這有如家譜一般充滿了空洞的名字，卻體會不出他們的實際存在。在攸關名節的榮辱上，學生們像「國王的新衣」裡扮演了他那位直言不諱的小孩子角色。

五

今天我們的國事如麻，不僅僅可用「不要臉」來形容。一個年居高齡的國民代表知識份子，竟然還大聲喚不退職是為了「愛國」，以及「維護憲法」，然後政府還處心積慮地為他們安設下台階，用錢安撫他們。「愛國」而不謙讓怎麼愛法，當你已沒有體力和辦事能力的時候：說「維護憲法」而卻不尊重憲法，你奉行的又是什麼邏輯原則呢？在這些自欺欺人的大言下，落實的都是自私自利的個人意志。有如在一條公路上充滿了我行我素的開車人一樣。

廣場上，自認愛國的綁上布條以做識別，然後就有權理直氣壯的打自己的同胞，懷疑別人不愛國，強行捉人，命令下跪，任意欺辱，這種作風是誰袒護他們這樣做的？如果愛國僅僅表現在唱國歌、升國旗，簽名以誓效忠這些形式上，不愛也罷。

如果「民主」和「自由」就是讓某些人任意養豬狗，堆肥丟垃圾，掛喇叭播哀樂，不民主和自由也罷。這種鮮恥寡廉的民風，是誰縱容不取締的？

難道「愛國」沒有一條共識的法則嗎？做人的品質就只在爭勝的節骨眼上論高低，就像道德可用錢的多寡來評量一樣，我們生存在這樣的社會還有什麼心安理得的幸福可言呢？

六

除了承認少數人有點錢外，外在的世界並沒有人肯定台灣有什麼美好的品質，因為台灣人普遍在自己的土地上生活就沒有什麼物真價實的好品質。

「沒有禮貌」，「沒有秩序」，「髒與亂」，這些都以現在是民主自由的時代為由而行之。導民於此，是誰的責任，用自身的劣根性來自嘲嗎？一個執政大黨的智慧和能力，只用來防止少數人奪權，其餘人民生活如何則一概不管，這算是行「民主」「自由」之實嗎？

這種愚民政策，在封閉時代或許還能以白色恐怖罩得住，一旦在開放的時代裡，恐怕再也不能常以「體諒國艱」來保住自己的權位和利益了，甚至再也擋不住外在世界口出恭維，心存疑惑的卑視眼光了。當昔日我們在被出賣為殖民地時是次等人被看待，而現在回到自己的國度，卻不能超脫這次等人的身價，我們萬萬不能等閒視之自身的痛苦的。

我們的生活環境和生存狀態，猶如悽慘的沼澤地的景象，無從盼望和體會不出導水成河的壯闊之美；每個人被離間成一窪一窪的死水，看不到收山川的餘流匯而成湖的景色。我們心生害怕，因為作姦犯科者到處橫行；家家戶戶鐵門深鎖，再也不敢舒坦地步出屋外，因為我們再也不能相信別人，甚至再也不能相信自己了。

七

為什麼有人要「台獨」，這不是沒來由的，說來也話長。雖然這個理想與所謂「反攻大陸統一中國」同樣的遙遠和夢幻，可是我們現在同在這個島上生活，難道沒有必要把現在生活的一切都處理好的共識嗎？

這兩種對抗意識，最大的受害者是每一個生活在此而努力工作的人，因為它們腐蝕我們太長久了。它們一個在朝，一個在野，用在對立的資本和場所卻取自納稅人和他們應該享受安寧生活的時空。

好像只有他們組成的勢力，可以有權決定應該怎麼做似的、毫不考慮和尊重人民的意見。我們真想知道他們兩者要達到他們預設的目標的時間表和作法到底在那裡？

四十年都過了，一個依然充滿特權和洋洋得意於所謂創造「經濟奇蹟」（天可憐見，不富也罷）；另一個受盡了挨打，氣不過，只好喪失風度用野的來。坦白說，沒有人不同情後者的艱辛歷程，因此都希望他們的競爭能公平些，而扶持後者到議場去辯論。多年前，康寧祥先生重獲當選立委，學界的人紛紛前往道賀，就是明顯的事實。

但是，他們兩者對於理想的立說，有誰做到讓人真正瞭解而心服的地步呢？那種與現實不符的宣傳謊言和煽動，也許能使人惑迷於一時，卻不能永遠讓人愚昧到底。

好罷，即使這兩種理想，一個用「偉大」，另一個用「美麗」來形容，它們始終還是停滯在自我的主觀意識上，而不落實於客觀的時空，我相信他們兩者更不敢冒險求諸民意來表決到底全民的意願是如何。

說真格的，從客觀情勢和條件下，西藏更有理由和資格都不能獨立了，台灣欲待何時呢？而李總統公開說：六年內可以回大陸去，他根據的是什麼藍圖和客觀情勢，竟自信地說出這樣的話來呢？兩位強人四十年做不到的事，自謙不是強人的人卻想在六年內做到，委實使我們都傻住了；而彼岸又常常這樣喚話：「現在祖國情勢大好」，且動不動就要用「武力」解決台灣。台灣啊！妳真命苦：因為三方的聖人都把妳當芻狗。

八

我真正所要的是一個誠實可信的社會，充滿美德和情誼的人事交往，而不是處在爭執誰做老大，誰做老二的吵嚷家庭裡；服膺的是智識和能力，而不是屈服於恫嚇、欺騙和暴力。人生短暫，煽動和組織強大的獨佔惡勢力是對人生的浪費和侮蔑，而且害人也害己。美的事物的存在自然而感動人心；美由誠實奠基，我們歌頌美的事功，愛戴和敬仰創造美的人。我們尊重有理想的人，但理想不是「極機密」，讓我們充分地了解那理想的實質和可行性，而不是利用我們人性的弱點來空塑幻想。不要自訣你才是人類的菁英，可以從心所欲地支配他人；人人都是世界的菁英，萬物都是這世界的合法存在，而運行有道，應有共同的認知和共識而協商出一條應行的規則。讓我們選你做我們某種事物的代表，替我們服務，因為我們知道你學有專精，你的操守和人格可讓我們信賴。但你不要假借所謂歷史的責任自行辦事，滿足你個人的權力慾和物慾；因為每一個存活的人都代表真實的歷史，而不是那不斷更改名稱和杜撰的歷史，那種只有名稱存在的歷史不是真實的理想所在，我們不幻想它，也不追隨它；我們要的是實實在在的每一刻，我們的每一刻間都是永恆，我們不要那種現在掌握不到實質利益的價值觀念，只有這種能看到觸到和感到的遠見才能真正惠及我們的子子孫孫。為什麼每一個人不抽點空坐下來想想生命是什麼？我相信我們是可以在冷靜的沉思中創造一點不害人的美質。

境界何所在

諸君對孔夫子名言「有教無類」的英譯供獻出寶貴的認知，這誠屬於美好的事情，但美中不足的是互相間皆覺得譯文仍無法契合原文之意，不能上達原有的境界。如果在這之間爭執的是誰近誰不近或誰可誰不可而忘卻原文之意為何就有如射靶而不見圓心。雖然諸君紛紛拿得出學養工夫和本性能力來，結果像是無的而放矢，使人感到無可奈何的遺憾。孔子的話是什麼意思，這「四字經」恐怕也是各人有各人的解釋，而不一定比意識中似明似不明的原意狀態好多少。不知道是否有一種所謂科學的方法來實證出這四個字的結合所應有的最正確的解釋？除此，我們知道某甲問道：「你好嗎？」和某乙說：「你好嗎？」所掩藏不露的是不同的心胎。那麼孔子說何者有教？此聲音之背後，有可能暗指何者無教。而再度檢視各家的譯文所劃出的意思，也許可以在精益求精的細思下，獲至一個意外的驚喜結果；當創作者（造物者）給我們惹出這許多的麻煩之後，在忖度其所謂原意為何已不可能有定論時，只有亦僅能就被造物本身的符碼做考量了，這猶如經由萬象來悟出神意一般。

「有教無類」在舊英譯裡這麼說：「在真正有教養的人士中，並無世襲階段或種族分別（Among really educated men, there is no caste or race distinction）。」這層說法無疑意在指出：真正有教養的人才是消除那不公平的世襲和種族色彩的區分，而獲至平等的觀念之前提；也就是說沒有世襲階級和種族分別的觀念，才算真正有教養的人。這麼明白的界說，不是將導論出置疑那所謂真正有教養的人的偏頗標準嗎？那麼無世襲階級或種族分別觀念的是屬何種人等？在人世社會中，普遍的認知是：有教養的人皆強執著他那與生帶來的世襲階級和種族分別的觀念。如果他們不是，那麼真正有教養的人何在？這樣的因果和邏輯無庸再辯，它的存在早把我們要把握的主意趕跑了。

而《四書英譯》中，「孔子說：教學應無階級之別（Confucius said: in teaching there should be no class distinction）。」看來這是十分淺明的直譯，但「教學」對「有教」，「無階級之別」對「無類」，還是有種不十分妥貼密合的感覺。

而新英譯重新敲定為「教育原無界限（Education knows no boundaries）」，這與四書英譯同屬相同靈感的不滿足之處，還是在於字與字的對譯不能達到天衣無縫的功夫，尤其是「界限」和「類」，雖免如何同籠？

而陳蒼多先生之英譯：「教育必須平等主義（Education entails Egalitarianism）」和「我提倡教育中之平等主義（I advocate Egalitarianism in Education）」其明顯地有極端現實的觀念存在著改換孔夫子說話的語氣作風，給人一種急功好利的感覺和恐怖；雖然滿合乎現代情勢，但以有限的空間來取代無限的時間，恐怕有得不償失的後果。

張正平先生在「有教無類」之英譯的文中勾勒出翻譯之原則，特別說到，「中譯英，非獨文字問題，……而往往是專門理論及特殊觀念之學識，若非該科專家參訂，很容易閉門造車，英譯使美國人難以接受。」這個原則的型模雖然很好，很尊重他人的意見，但是他卻劃了一條適用而不高貴的尾巴，因為他最後的意思說，英譯是為了使美國人能接受，如果美國人難以接受，就不算是好的英譯。這好像人體素描時平添出一條動物尾巴，以迎合動物學家的觀感的作為，一定會給有識之士帶來了前俯後仰哄堂的捧腹大笑。美國人要懂，為何他們自己不去想辦法，中國人為何如此卑恭？這種出力不討好的時髦外交觀念，實在難在學識中沿用。

而路見不平的丁一先生，及時站出來大喝一聲「四字經」，指出遠在一個世紀以前，理雅各神父的英譯，顯然認為理神父將「有教無類」譯為In reaching there should be no distinction of classes是再「貼切」不可，最多將「distinction of classes」改為「discrimination」亦已足矣。這是否道出一個「中譯英」中，許多中國學者還不如一個外國神父來得感性的現象呢？的確，沒有人不嫌幫閒衙門有越幫越忙的行徑，不過應該體諒他們仰賴記功嘉獎領獎金討生活的苦衷，他們遇到這種事，有時也有不知如何是好的憂煩。

平日來披讀這類學術問題文章，有如觀賞一齣戲劇，它的發展頗符合戲劇原則，有人物個性，有複雜的情節，現在它把讀者的觀戲癖引上了癮頭，讀者的求知欲望強過一切，非要看到它的結果不可。可是日來坊間的戲劇總是有一個最軟弱和無興趣的結尾，叫人失望，原因是它最後的落實性大大地違背了人類想像力和昇華效果。其實，孔夫子想像和「有教無類」英譯之雕刻已經落成而不能更改了，將來如再改亦不過是求合乎來時的需要，要說止於至善，則不免多事罷了。孔子雕像既然是照古中國人的樣子刻的，為何他所說的話不用中文直寫，要改譯為英文何故呢？這是否又一次地證明中國人辦事的周到能力正是最傷人感情的地方？想方便別人就得降低了自己的本格嗎？相信任何外國人在孔子像下看見那一條（任何一條）英譯後的文字，都不會覺得它有什麼啟示他們或幫助他們的想法，因為那些英譯後的文義，對他們而言，只是他們已有的觀念和力行中，再加上重複的嘮叨而已。他們不能忍耐中國式的重複性的說教和被說教，他們不喜歡灌注式的教育和措施。相反地，這些英譯後的文義和觀念，在本國是缺少的，應該提倡，政府率先楷模才是。誠此，相信外國人看到孔子像下的中國字，一定大為好奇，這「四字經」必定引發他們的求知熱，像曾經有一時的寒山潮，去追覓和請教，他們也將獲得他們的求知願望，但絕對不是明刻在那裡的死板的文字意思，他們會把孔夫子的一切都包括在思想裡，而豐碩得像看見一幅畫，或一個景致，甚至產生境界的存在，有如人們尋思他們自己文化中的偉人一樣。

再說，要將某種境界推行到他國，應該在本國內普遍存在。孔子的理想在本國內始終無能落實生根，見諸於社會人士，以外國包裝推行出去豈不換來恥笑？不論何種文化境界，能在本國落實於人生，自然會吸引外國人的嚮往和學習，實在不需自己花錢送出去，然後學者們空心為此爭相修飾，則無此必要。如果是為學識之真理而努力，則令人敬佩賞識。

而孔子所說「有教無類」的真正意思何在，雖然通過無數的翻譯，依然沒有明朗的境界相等比照，只是呈現有限的意圖，好像要分段實施，以偏概全似的。世間對「蒙娜麗莎的微笑」的詮釋此起彼落，我想多一人對她加以評語，必定增加一分她的魅力，而論斷必無損傷她本身。任何的思想結構，它的存在莫不來自於有感的實際人世現象，像「有教無類」這等的意涵，實質上並不是什麼難以在腦中捕捉得到的理想蹤影，孔夫子實在是在哀嘆那些有身份名之和野心勃勃的那類人之不可教救，有教救者唯有剩下那無以類別區分之赤子，難怪諸君懷抱著意以為多麼廣涵的教育理想境界，在述之於文字的翻譯時，感到難以符號成形了。

一九九〇年七月十五日

畫鋪子自述

少年時初進城市的師校藝術科第一堂素描課就被教授罵得狗血淋頭，因為在他講解素描的要件之後，同學們紛紛搶著教授認為最好的受光位置；那畫室不大，連兩旁的位置也被同學佔滿；而背光的對面卻空空沒有人，我只好去那個寬敞的地方，擺上畫架，畫那呈現黑黑的瓷瓶子。兩三個小時之後，教授把我們的畫都釘在黑板上做評論，只有我的畫是黑黑一隻瓶子，好像全環蝕的太陽，只有邊緣有光。他用最嚴厲的話責罵我，令我羞悲異常。我流著眼淚回到校舍去，沒有人跟我做伴，我由此慢慢體會追求藝術的孤獨之路。

生命的誕生，有了意識之後，邁向社會，似乎一步一步的去尋找著自我。我離開了使我徬徨和生活無依的城市去鄉下，三十年的筆耕把我自己完完全全的洗滌了。從我的觀察和練習過程中認知了我應該去作什麼畫，因此，我在教職退休後重握著這神聖的畫筆。我生活周圍環境的土地、樹林和海灘，每當我走近它們時，它們用形象和色彩招引著我，我和它們和善相處和交談，它們和我產生前所未有的默契。它們和我互吐氣息，互相知覺對方的存在，然後讓我和它們達到和諧時呈現出一種境界留在畫面上。這個畫面就是我和它們共同認可的合同。畫面上不僅有我，還有它們，是我和它們在時空中的合一。當這些記錄足夠充滿時，我帶它們回到了闊別的城市。

我是經過許多曲折途徑和遷徙才回到城市找到一個小小的據點。我沒有財富，只有微薄的退休俸給，這已經足夠了。我真正擁有的是我的畫，我的卑微理念就在這些畫中，混合著我的一份熱誠。而自小至現在的孤獨之感是我的精神力量。我的不足道的筆名就是鋪子的名字，雖然給人奇怪的感想，卻完全能代表著我的個性，也是我的命運，為什麼要在這最後的一段行程中相棄呢？

這個城市已經變貌充滿著新人類而不認識我，但仍有少數人因為我在文字上與他們相知，我知道他們會愛我，那是因為他們知道我在文字上愛他們。所以我回到城市用我的畫再回報他們的愛。這是我要有個地點展示我的畫作的理由。可是我必須聲明我的作品沒有比畫家們的畫好。畫家們的畫都是用他們可貴的心血畫出來的，我的畫也是用我的心血畫出來的，只有一點不同，他們是所謂美術史要歌頌的畫家，是有脈絡可尋和承傳的，而我是一個赤裸的野孩子，是誕生我的土地自生自長的，因為那最初受教的責罵之言已把我扭斷了那份承傳。

這並不表示我有什麼特別之處，野孩子跟有教養的孩子是一樣的孩子，只不過看起來似乎受著不同教育罷了。上述的回憶只不過是個人的小故事，每個人的成長都有他與人不同的小故事。而這個一度被分離的孩子，他自己尋著路回來要找他的同伴，找他的兄長，找他的師長，找他的愛，因為他愛文明，他要向新的朋友學習禮貌。

因此，我要逐步定下課程，來向大家接近和學習。首先每週開三天展示少量我的畫，兩週換一次。先輩的畫家們走進來，看到我的畫就給我一份疼惜和鼓勵，然後我們認識了。三十年前的老朋友聞風也來了，興奮地觀注我的畫，然後擁抱笑出聲來。好奇而路過阿波羅畫廊區的人進來了，向我瞪眼表示驚異。有些在畫廊區習慣了十數年畫風的觀眾，推門進來，三步做兩步走，擺頭掃了一眼就匆匆走出去，連我向他說聲謝謝都不願理會。但是也有似乎依依不捨凝視畫作的人，我的臉感到羞熱，心中卻充滿喜悅和感激，他或許在我的畫作上看到某種他隱祕多時的熱情。有人想買我的畫，我說請您多看幾回再決定罷，當您確定喜歡它時，再和我來談談價錢，就像我們有更多的認識時再做朋友一樣。

要認識人，要向人學習，像我的處境只有一個辦法，就是開畫鋪展出自己的畫。然後讓我一位一位的向他們分別討教，也同時讓愛好藝術者做為一種有趣的觀摩。我和某一位畫家對決展，要打的是觀眾心裡頭的比較和認知。其實這種形式與雙人展無異；但對我而言，其意義卻不是單純商業的指向。這種展覽對於我個人重新打算的生活是一條必經的磨鍊之路，它會消除我心中的自大，我平時氣息的浮躁，它沖淡可能唯利是圖的經營。總之，它讓我回到城市重新做一個人。敦請現在有成就的畫家們，共同注意將來台灣藝術的成長，扶持那些正要向這一條荊棘之路走來的人。所以決然推出二十場與台灣畫家的對決展。

有關七等生與台灣畫家對決展

我的心跡有如上述已經闡明了。「對決」其意就是「討教」，「討教」必須經由「對決」。我出生於日據之時，父兄均受日式教育，學劍道，小時耳濡目染，知道所謂對決乃討教之意，也是達到境界的必經過程，因為沒有經過討教（對決）就不知自己在何種境界了。「自然」賦與人類競爭的意志和精神，人類之間又產生一種要合理要公平的競爭約束，來展現才智，讓人們體嘗和欣賞其中的「真」，其中的「美」，和其中的「善」。所以人生的目的是喜悅而非悲愁，真美善不是目標，是過程，然後產生無盡的喜悅。德哲尼采曾這樣說：

Woe（悲哀）Speaks:
Hence！（從此）
For joy wants all eternity,
wants deep profound eternity,

先輩畫家最有知覺，也最先表示贊同，首先簽名表示要依照這個形式開展。他們認為這是一種良性的示範活動，一種深入內心裡的活生生的意涵。他們的真情感動著我。然後有壯年輩的幾位畫家進鋪子後，我把他們拉住了。我希望有中年輩的畫家能夠坦然的來和我會面。我是依照一種緣份的說法和作法，只要他們肯來，而且願意，我就順序排下去，不論是知名與否，二十場就打住，往後再集思廣益推展其他形式的活動。鋪子雖然用我的名，應該是大家的，只不過先由我來為大家服務。

我現在最最迫切和著急的並不是找不到人來對決，殺得你死我活，來滿足我的瘋狂，而是關懷大眾不知情而流失了對決所激發出來的閃光的美麗。畫家們都知道個展和雙人展之間意義的區別甚大，個展本身它的光華不論有多大，總比不上對比之下的認知來的光耀，像武士的單挑對決，其精彩超過一切個人的表演或混殺場面，這是無庸贅言的事實。

在商言商雖然是現代人的信條，我也會在某種合理的程度上去依循，不過在其可預期的影響教育目標上，我更應該依照我的理念來營運。如果在這個城市裡，我的想法行不通，畫家們紛紛而去，媒體不理會我，我也可以依照我的初衷，用我的耐性和我原始的作品，在我的位置上，只做我個人的展出，也許有緣進來看的人很少，直到油盡燭滅，也心甘如願。畢竟這是我的最後一程，其長其短，又何必去計較呢？

藝術是我一生的最愛，無論表現在文字或繪畫，藝術就是我的全部人生，無論在思想和行為上，我遵循的是合理性，約制和和諧。藝術不是我個人的專屬和獨有，是每一個人都有的美妙事物，有如畫鋪子開幕時的題辭：

每個人都知道美，

不同的美是最自然最真實的；

而每個生命現象的存在都是一種接受
或被接受的不同的美。

一九九四年十二月

讀寫給永恆的戀人手記

Jennifer 曹：

受你的贈書並題字，是我做為你的朋友的榮幸，我必須細讀你《寫給永恆的戀人》這本書，因為我在早初認識你並觀察你時，你自然顯露出來典型和特殊的容姿是異於別人，就像我給你的小序裡所稱呼的「化身的女神」，那種影像是無可置評的深刻地印在我的記憶裡，只可惜我僅能用文字而不能用彩筆畫出你的真實。那時你還年輕，事隔二十年，你現在寫出這本書，證明你為愛情而生存。我的好奇和興趣是因為我完全不知道你在現實中的感情生活，希望讀這本你虔誠寫的書來瞭解你對愛情的一切思想。我志不在像學者一樣做嚴肅和正式的書評，只是做為你的讀者的隨想，把我個人讀書習慣的隨筆記錄讓你知道，回報你那麼誠懇地將你的思想公諸於世使我們受益，希望你見容我的淺薄拙笨並大膽地以書信的方式直接寄給你。

一

首先你在「楔子」裡提示這些話，你說：「由於一直相信愛情是高於生活，並且獨立存在於人間一切規範之上，因此對於連哲學家也無法說得清楚的愛，自然提出的也不是標準答案。愛的世界沒有導師，你只能做出自己的全人格全生命的詮釋。」使我開始閱讀時有個原則可循，使我相信你往下的立說也是依據這個信念，這個信念無疑地形成你獨特的愛情故事，有如藝術家創作的理念和他作品裡的主旨。但是，創作本身不僅是空憑想像，而必須完全來自親身的體驗，因為你又說說：「然而，這流動在我們血液的愛情溫室，在實現的時候，卻往往令人心神為之憔悴了。因為在塵世裡，一個主動無畏，忠貞互信，而又善良體貼的愛人，比無價寶更為難求。」這是明知艱辛和未知，還是願意奉獻和冒險，這是居於原創和信念已經決定，不容更改。

二

在造始之時，「那頎長的身材著上民初的長衫，必然顯得清雋飄逸。還有那永遠時興的乳白色亞麻西服，在你身上也必然會形成儒雅風流的樣貌。」是你心目中的美男子。我不能否認這是彼時具有知識水準的上品外貌，你甚至將最重要的氣質和品格也寄望在這份喜愛裡。

三

但是在那時候，你說你尚年輕得足以被吸血鬼式的豔異所魔魅。你坦實地道出這一個小祕密，有一年冬天在微雨的陽明山的夜裡，在一個宴會的花園窄徑上，遇見一個面容俊美清癯的著了黑色斗篷的男子，他具有一股異邪的神祕的魅力，以至於交目的那一個凝視，竟然令你至今未曾忘懷。我不免好奇，為何現在你絕對不會建議讓人穿上黑色絲絨的披風，你說即使那做為斗篷內裡的罪惡的腥紅未曾展現，你也會趨避？

「要經歷多少痛苦，才懂得選擇我愛的人寧可神性，而非魔性的呢？」這是你對自己的告誡和回答。

四

所謂神聖或魔性到底是代表著什麼，我必須略過這個屬於知識領域的問題，你個人雖有明確的解釋，甚至分辨出它們的善與惡，但從你的舉證看來，這兩者的轉移和互換，卻寓意著成全和奉獻犧牲，實踐愛與救贖的行動表相。

五

還是回到你較為正確之認識的現實來，因為你說：「兩性之愛，求取的便是身心兩方面的平衡與滿足。這種看似平凡的結合，卻含蘊著最為原始和偉大的愛力，藉以推動人類的繁榮和世界的運轉。」

六

確如上述，但你卻不能實行「忍耐」。尤其，你不能接受「奴性的忍耐」。兩性間的事，結合的意義重大，卻不能忽視細節；在這些生活的細節裡，爭吵聲高於款曲聲。我知道你反對奴性的忍耐，你要求溝通和調適，而不是一味的站在下風忍耐。〈聖經・哥多林前書〉十三章說：「愛是恆久的忍耐，……」不論《聖經》說得多確切，但落實於生活又是指的什麼意義？譬如說：「衣服」兩字，我們很明白它是什麼用途，但是要問是什麼衣服時，我們才會更加清楚，如說出「禮服」或「囚衣」。誰都希望穿禮服，不願意穿上囚衣。所以「忍耐」從你的引述中也分出兩種來：即英雄的忍耐和奴性的忍耐。從這開始，你要聲援女性，因為蕭紅感喟她的不美滿的姻緣時這樣說：「多麼討厭啊，女性有著過多的自我犧牲精神。這不是勇敢，倒是怯懦，是在長期的無助犧牲狀態中養成的自甘犧牲的惰性。」

七

為了使愛永不止息，我禁不住朗誦那〈聖經・哥多林前書〉十三章，一次又一次，來阻擋你不能忍耐的呼聲，多讀一遍就加增一層的體會，直到你的懷疑消逝盡淨。

八

殉情，在《胭脂扣》的官能象徵是反諷，因此猥穢而低級，而《梁山伯與祝英台》使人瘋狂，是長期患有愛情貧乏症的移情作用。我個人完全不能接受這類電影，不僅是不能接受它們的藝術，也不能讚許它們的內涵。你說殉情至少是對愛情的一種禮讚。誠如你所說的話，當人們的愛戲還要繼續演下去時，「殉情」一詞便無定義可言。

九

愛情並非愛的本身，是過程，像流水的流程和經歷。所以不能定於一的人終至一無所得，說這樣的話無異於使流水固定成為小池塘而靜止和發臭，甚至乾涸。要使池塘不如此使人難堪，是必要有雨水的降落和風流的陶清，使之盈滿和保持長清可飲。我不反對定於一，我甚至更喜愛早年夢寐的那位一；但如果我那時終能如願，那麼要永遠的擁有就必須靠上天賦於我的智慧和才具了，使我能克服時空和季節的無情考驗，使那象徵的「池塘」受到上天的照顧。否則，我們不是常在旅行遊歷中驚嘆地看到如今頹圮而昔時華榮的景觀嗎？我童年常去游泳和捉魚的水池河流和海灣如今安在？它們不是枯乾就是骯髒和污染。愛情是智慧下的產物，定於「一」是宗教的形上詞，「一」是所有部份的總合。你是位文章的創作者，你不斷地依照你的心志寫出一篇又一篇的作品在時間中，你如何去看和估價自己因時而異所創造的作品呢？當我們未死，我們不知道我們心中的一是什麼。要求人們客觀的對如你般的寫作者加以評價，也必須要集合你全部的創作才能定論，某些人也許會選擇你作品中的某一部來代表你，那是為了讚揚你的某一種優秀之點，僅止而已，卻不是我們所謂「一」的絕對定義。

十

所以愛情是完全如你所說的「一生的愛」的事情，不必煩絮談到是否在每一個階段皆具有不同的姿影。愛情是以一生來持續修習的課程，我甚至不想如你所說的，奢望在一念之間世界就轉為美好多情。愛情是苦是甜，對我而言是不計較的。我比你更堅持這一層，為了完成「一」，我多麼同情現在所謂覺醒的女性主義者對男性的撻伐。

十一

我懷疑「寧為愛者」是否有它實質的意義。這和某些人在一種比較的情勢下寧為女性或寧為男性一樣的只是為了樹立獨特的自尊而已。在這方面的邏輯推論旨在於擁護自我，顯然是自私的選擇，當你堅持這個尊貴的態度的時候。被愛者並非次等的屬於所謂愛者之下的族類，如果是，那所謂愛者的人更不會去愛他；如果是，那便是屬於另一重的精神意義，就像對不如自己的人的同情和施予。這應該不是你特別標題出來的愛情。一般人在現實的作為上才去分別這兩者，而有愛者和被愛者的意識型態。這種意識型態的存在，使控訴、責難、不滿、埋怨等等情緒同時存在。你喜歡「境界」一詞用來描摹愛情的高貴，但在愛者與被愛者的區別中，似乎沒有境界可言。所以愛的能力是普遍於每一個生命，沒有人是特殊的，它是一切存在的主因，愛的存在使人格成長，而環境支配著生命的命運，使同樣有愛的基因造成泯滅或發揚的結果，造成歷史過程中的特殊者和默默無名者。在這個認知上如果因果倒置，價值便被混淆不清，如果在戲劇中你堅持只要演主角，拒絕戲劇裡條件的限制和合理配置，那麼情態便很為難了。

十二

我無法找出男女雙方在愛情上的同等對待的標準在那裡，除非將時空的限制排除，除非不在這個地球上，而在太空的無羈狀況裡。想像在那樣自由和無限的天地進行情與愛，真使我心神馳往。但是在這個地球上，萬萬物物不論古今，何只人類一種，皆看來充滿不公平和不平衡。

我不知道是否你清清楚楚地認識了中國的無情漢的醜惡嘴臉才使你嚮往西方的武士為效忠的女士而赴湯蹈火的勇敢和優雅呢？我只知道中國男性的卑賤和悲哀所負的精神代價是無法估計的，這就是他們反應在外形上醜惡的原因。我喜愛你提出的例證，雖然它們是表現在戲曲，但這不影響我對你的理想和理念的實踐的敬佩，我甚至不忍將現在女性在情愛上矯枉過正的情形舉出來，意圖站在相反的立場與你對辯，無需如此，你非常清楚當你們有時數落我的不是時，我是拙於為自己說話的，因為我想，只要往你說的境界去走就是，雙方攜手，而不是單挑和背負。

十三

在情人的眼淚裡，淚珠像縮小的水晶球，從它可以看出情節複雜的一幕幕的過程。在那裡情人的倩影如此清晰和動人；邂逅、相會約、繾綣纏綿和分離，以至於隨流動的氣霧消失，歸於空無，只留下現實的孤寂和思緒，眼淚再度奪眶而出，模糊了眼睛，它劃過臉頰，那是曾被情人摸過和吻過的地方，然後舌尖舐嘗到淚水的鹹味，發覺自己在獨自抽泣，為什麼？像一場夢，那夢境自己是無法解釋的。

十四

俗世雖然是惡土，但偉大而動人的愛情亦非根置於它不可；愛情不是存在於仙境，它是人間不折不扣的詩篇。

十五

愛即是選擇，使人類在他的範疇裡產生各種互不相同的生活形式，滋生自由的願望。這一點更證明愛使人格成長，這也就是你所肯定的，一個具有生命力的人，人格卻在不斷地成長，由於內在性格的轉變和心智的成熟，對於異性自然會產生不同的吸引和選擇了。

十六

我感激我曾經結婚，而無需有肯定的必要為了獻身於藝術去保持獨身的生活。因為婚姻關係而去細數那些多麼不便的痛苦，是忘恩負義的。不論這婚姻關係是否能維持或中斷，它是一個不折不扣的試煉和激發出生活的智慧的泉源。不論一個人從事於何種工作，它所發揚出來的廣涵和深意，都是賴於這種當初勇於承受和負責的結婚行為。在結婚後不幸流離顛沛的人，最少在他的腦中永遠存在著：如果沒有這層經歷就不可能擁有那體驗和思維。

而除了儀式之外，沒有人是絕對單純的獨身者，就是不結婚的大事功者，亦十分明顯地在思想上展佈他們對愛的傾慕，用符號、文字、圖式和音樂表達出來。但是，結婚後的獨身則更為可貴，如果容許它的存在，就像是雨過天晴，大地無不顯得開朗可愛，看見道路四通八達和自由來往，愛的包容應該指向這種高遠無罪的境界。

十七

春後的寒流來襲，連續了幾日，似乎不肯停止。午後，我和妻子女兒三人決定驅車到海邊，那曾是我們夏日唯一休閒最多的地方。車子開到土堤的盡頭停下，她們把外套的護罩翻上來蓋在頭部，只露出臉面走出車外。她們的身體相偎靠著，且相挽著手，沿著橫向的堤道走去。我隨繼下車想跟上去，但沒有追上她們的腳步，中途感到寒風的凜烈和難忍那徹骨的疼痛而轉回車裡。堤防的一邊是官民權益糾紛連連的海埔新生地的魚塭場所，和一小塊象徵性留下的那久遠以來就存在的自然生物水筆仔；另一邊當然是海和沙灘，它們在寒風和灰色的天空下洶湧聲嘯不停。我從車裡關緊的玻璃窗穿望出，妻子和女兒已經走得遠去，我看得見她們的身影在一個引水的斷口下消失，復又從一片叢草處出現，行走在廣漠的沙灘上，身影縮小了，但始終相依著沒分開。我想她們似乎顯示比我更能耐寒在這樣惡劣的天氣裡。釣魚人紛紛收竿奔跑著離去。由於我正在逐日進行展讀你的書，使我敏感地意識到妻子女兒是與我有別的女性。上了年紀的夫婦已不再有過份長遠的生活期望，只能安於現狀，但我卻不能不想到剛長成的女兒的一切，為她特別留有一份掛心在思緒裡，我期望她有你的虔誠在將來的工作上，且忠實地尋覓她個人的幸福。

我的思緒常常漫無止境，想到現實社會，在這個小小的寄以生存的土地空間，半世紀的生活經歷不禁使我憂鬱衝上心頭。現在我的生活空間自限得小之又小，我畏懼前往城市，也畏懼上街，幾乎等於蟹居於偏鄉的山畔的屋子裡。我感到這個國家幾乎無愛可言，政治權力的爭奪過去是在不被人知的暗地裡進行，現在已經公然出現在電視螢光幕上；而當我們走出屋外，道路上的車子幾乎橫行霸道，在城市是擁塞不堪，再看每一條穿行山川的道路，到處都是一堆堆或拋散的垃圾，河水已經不像童年時乾淨潺流可游。城市裡充滿著人潮和壞空氣，鄉村瀰漫著恣意焚燒的有毒煙霧。而我退居於僻隅，沒有自來水，必須靠自設的水井洗身，然後買些小量的泉水飲用。這是一個在世界上存有第二巨額外匯的富饒國家的人民生活品質。你知道在這個社會上辦事要順利則需請託有權勢有地位的人幫忙，連執政者自己制定的法令都不願徹底執行，這是人民毫無秩序觀念、毫無建立品格風貌的因素，雖然實行民主，人民卻得不到最基本的生活保障。我曾有一次機會到國外遊居半年，你也在異國生活有十年，你是知道在那些國家裡無論貧富，只要住合法建築的屋子，一定保障有冷熱水可飲用，道路完整無坑洞，以及有全民的疾病保險。在那裡，我們看見車子在街道上行駛絕不爭先恐後，在 Stop 白線上會自動停車，禮讓先到者先行的規矩，深夜無人亦然，深怕萬一驚嚇了他人，如意外發生車禍更是權責分明，目擊者勇於自動作證。到銀行郵局去辦事，人們順序排隊，有一條短線禁止第二個人上前去觀看正在窗口交易的人的一切私隱，小聲說話，不像我們的同胞隊伍無從排起，一齊擁圍窗口，孰先孰後紛擾不休。我不再說了，多討厭啊！因為我年輕時的熱情已經消褪了。當妻子女兒緩緩艱難地從遠處沙灘轉回，邁步上坡來到我眼前時，我寄望將來國家必須給國民最基本的生活權益和社會秩序，做不到這點，就別談愛。

十八

在社會環境扭曲人性之下來曲解男性對愛情的能力，這是不公平的說法。我不明白造物者是否原本就是要做不公平的安排。同樣的，你舉遠藤周作先生在女性讀者面前坦然俯首承認男子在愛情世界的流氓無賴作風，但在他的《愛情學》著作裡也斥責女性的撒賴和無恥的作態，他寫著：「一旦遇到另一種場合，她就以弱女子的姿態出現，所以女人觀念中的所謂男女平等，完全是以本身利害來調整的。」他的實例五花八門，我不敢對你一一舉證出來。你也許要說，這種一味道說兩面詞的正是男性作家啊。但是我的本意並不表示我就會相信他的一面說詞。總之，有限的語言不能代表一切，有限的思想也不能代表一切現象一樣。一切在進化之中，一切都在演變，當現代午夜牛郎的數目超過傳統妓女的時代來臨時，也許有某一位男性作家會發出相似於你現在的貶抑之聲。我希望沒有全然誤會你陳述的原意，在你陳述的造詞背後，充滿著隱含的希望和期待，有如你標題的疑問句「男人不能愛？」，這是你表達的方式和風格。

十九

孤獨，它多麼受人排除和狐疑。我想沒有人像你能夠這樣優秀地寫出在月照下獨守空寢的那種情景這麼美的散文。這個主要因素在於那種滿心的痛苦的體會，不僅你所寫的是限於女性，我所瞭解的男性亦然。我頗為喜悅你進一步「把一個人忍受、進而享受孤獨的能力，視為人格成熟的表徵。」我尊重你將「孤獨」的申論限於兩性間愛的範疇，而不想擴張於普遍的人際，甚至對整個宇宙的隔絕。但對我而言，它的浩瀚有時使我意識到造物者的一切功能的消失和寂靜。

二十

在〈初戀〉的篇章裡，你終於把但丁提升了上來，就這一個例子，以生物學的觀點，就足以肯定男性仍然具有對愛的忠誠本質。至於在巴斯托那克所寫的《齊瓦哥醫生》中，尤里死後所留下來的〈白夜〉詩中，更不用我再來闡釋他的柔情和深意了。

二十一

你喜歡用「噬苦」這兩個字，「噬」意為「咬」，但它看起來像是陰邪般的摧毀。用字你頗像一般有學問的學者，務必求取真義，而我一貫只能憑感覺。你也舉了許多古今中外典型的愛情故事，並以冷靜的觀賞態度以求正確地指出它們的意涵，而我只能投身其中，像在戲院或書房裡，滂沱流淚是常有的事。

就像「婚外情」這三個字聽聞起來總是不美。往日裡，忠貞專一的女性總是以此指責卑劣的男性；但現在或未來，恐怕會有相反局面的趨勢。從單性的角度來評斷，有婚外情的一方確實顯得很不名譽，但從整個人類行為的客觀性來衡量，情愛是必須兩性相碰所可能發出來的事實，名譽與否也是機會相等，等量齊觀的事。

二十二

凡是制度或形式的建立是為了保障個人的權益，使之成為一種倫理秩序，建立事物的範疇，成為一種普遍的價值觀，這種行為大多會摒棄生物的內在本質的存在，以所謂理性強制存活的合法性來取代。試論，如果存在和認知，簡單地以「見山是山，見水是水」為始，「見山不是山，見水不是水」為中，又回到「見山又是山，見水又是水」為終來譬喻，今日人類生存在充滿制度或形式的時代裡，充其量只不過是處於一種過渡的實驗階段，是「見山不是山，見水不是水」罷了，世界不免充滿為堅持己意而與他人發生爭辯，互相詆毀，甚至組成團體，成立國家，發生戰爭，其目的不外是為自我的利益著想。在戲劇或現實所被指責的婚外情的悲劇亦是這個相似的現象，在宗教和藝術所追求的境界裡，最後的目標無不共同指向原真和本質的顯現，到此境界，也就不受制度或形式的約束，也根本就沒有制度或形式這回事，所以以「婚外情」演繹出來的兩性互罵的諸多難聽的話語，根本就是無實質存在的風聲罷了。

二十三

「愛情是盲目的或愛情是明目的」與「因誤解而結合，因瞭解而分離；或因瞭解而結合，因誤解而分離」同樣似真似假，不具有真理性質。

二十四

夢是否有趣，都是朝向個人式的解決之道，佛洛伊德認為有殊途同歸之意。但在現實的存活中，凡是最後以性解決、到寢室赤裸相談，不一定每一人都願意接受這樣做。有人要求這樣做時，只好告訴他做「夢」去。這也證明你說的真愛的選擇性，沒有選擇性和獨鍾於愛戀的對象，便毫無融合的喜樂和幸福可言。由於你真情的功力所凝聚塑造的永恆的戀人之像，至此已具有意涵性的容貌了。但切記：永恆的戀人之像並非僅只你一人獨尊，也不是知識份子靠他們熟識的思辯而獨有這等能力；凡夫俗子或妓女也有；不僅女性有，男性也有。

造物者給每一個生物均具有這份資能，造形不同，質地一樣。

二十五

文學所傳感於讀者的是作者自己心動的節奏，不是那些排列出來的收集到來的報導，所以有些章節，我讀來興味便自然趨於低落了。

二十六

親密應該是很自然的舉動，對誰親密或對誰不親密是自己私有的選擇，男女並不有別。

二十七

「愛別離」到底是什麼意思呢？對男女間的愛情而言，我們最感心動和滿足的是重逢的擁抱，如果是對人類和萬物的愛，則相反地要孤獨和沉思。無論怎麼說，短別或永離對愛都是有成效的。「喜歡不要分開」或說「你別走」大概就是「愛別離」的意思了。但這是誰也做不到的一種心願，因此它成為一種不可言傳的修練。

二十八

心理學家對夫婦們建立起觀察外遇的準則一事，對我絕對不適用。我不但不喜歡我愛戀的對象過份盛裝，我自己亦從不裝飾，只有在無關痛癢的社交場合，我才勉強衣裝整齊。所以假如你看見我衣裝光潔、神采奕奕，請不必特別注目；倒是我衣服隨便、臉色蒼白，匆匆在路上走過，則請你格外留意和關懷。

二十九

由於看見周遭的無數美滿婚姻，和想及自己的父母的美滿婚姻，而對婚姻產生肯定和禮讚的想法，這是十分自然合理的結論。但是為何自己沒有這份幸福呢？我們毫不懷疑婚姻的重要和神聖，並由此確定愛情存在其中。但是為何還有人私下表示，雖無那份婚姻但此時刻的獨處也頗自甘呢？我從來不願依一時見到的現象去判斷任何事物，我只相信不論自己的遭遇如何，這份獨自的經驗本身就是就珍貴的。

三十

至此，似乎無論你說到什麼，我總要持些意見。譬如你談到的戀母情結，而認為這種男人不成熟，缺乏能力實現愛人，不會擁有真正的愛。那麼我的意見並不是為反對而反對，我饒舌事實上只是覺得你譴責的有些過份，我希望你能溫和的對待他們，因為我知道你談的頗有見地和道理。

三十一

動物界以強壯美麗構成的雄姿美態而能獲得延傳的做愛權力，似乎是造物者賦以生命進化的意旨。人類有文明的衣飾，這一點並不能實現欺瞞，合身應是最佳的標準，這一點是居於人類對美有個別的品質，所以人類乃能普遍獲得進行愛情的機會，並且也各有不同的情愛意涵。動物界所約限於它們物種的作為，於人類而言卻指向廣涵的心靈成長。

所謂化妝正好暴露出內在心靈和思想的一切真實，包括本身身體、品格和生活態度，因為人人都有一種屬於擇愛的透視眼，所以不化妝亦是一種化妝，也並不全然代表自然和得宜。所以人類在公共場所的赤裸和雕像的赤裸是不同的，而情人間的相對赤裸則更別有情義，亦不同前兩者。

三十二

為什麼每次我在前一篇讀後記下感想，再讀下一篇時便發現你也在作前述的延伸，不斷地把可能發生在人世間的現象表露出來，這點可以顯示你對這份寫作的細緻和深廣。實在的，讀者應該滿足於你這本專著，而我個人的手記僅僅只是個人的排遣，於讀者並無多大意義。

三十三

試問，男人在一次偶然的邂逅，而演成不可遺忘的愛情追求，在這個時代就沒這個情形嗎？為什麼要那麼流暢順口地否定現代男人靈肉合一的貧乏呢？就像你肯定女人只與她所愛的男人做愛，男人則不是呢？如果你是在想像中以數量來做比為論據，進而否定男性的專情和心靈的高尚，那就太不公平了。你對所謂充滿詩意的，使人靈魂超升的、淨化的純情太具理想色彩了。我不知道你是否知道，要使靈魂超升和淨化，這種純情到底要疊積多少你一味視為卑污的肉體經驗。對愛情的謳歌，應像對金字塔或教堂的仰視，甚至當你走在中國長城的牆上時，心裡應想到它們建造時的鞭凌事實。

三十四

對你撰寫這本繞著愛情為主題的散文篇章，我以為以〈誓言〉為最好最佳；結構好，談論的也好，使我感到心儀；因為你雖罵男人，畢竟你愛的是男人。

三十五

對負心的男人，稱他為「感情的騙子」，對負心的女人，則該稱呼什麼呢？有沒有像「感情的騙子」相對稱的用詞，我不知道。男人被女人踢開，常聽到只罵那男人傻，卻未聽過對那女子說了什麼。男人最感神氣的是被人稱為「聰明」，而最感可恥的是被人說「傻」。男人多為「感情的騙子」，來自男人圈的互相標榜虛榮，且自感「俊」或「帥」，贏得女人的喜愛。古今自來都稱讚男人的「風流瀟灑」，這使我想起你在開頭的篇章裡提到的邂逅一位披黑色斗篷的男士與他對視驚顫的感覺。過份的數落男人的負情，固然使我讀來不是滋味，不過，連安徒生也站在女性的一邊，我最好沉默，讓你繼續這似乎無盡的論述。當一個人以感情的經驗或好學和觀察而做理性的陳論時，最好讓他說下去；因為經過了一小陣子自己的閱讀低潮後，現在重新被你的振振有詞而提高了精神。我想，安徒生如果將他的《小美人魚》的結尾改寫，或許也會改變男女之間的愛情之道。

三十六

在讀前幾章前，就想到以「卡門」的故事來說明在愛情事件中，並不一定只有女性是遭棄而痛苦的，男人亦有類似的事和感受。不但在文學的範疇裡是如此，現實亦然。但我怠惰了。多說只會讓你覺得我是有意採取對立的立場，這樣的話，是不合我個人與人交談溝通的心性。不料，在〈失戀〉裡，卡門故事中的男人並不值得同情，反而為你說成那是一種層次十分低下的迷戀和佔有屬性，心靈境界不但不高超，反而且有毀滅性的暴力。這種評斷似乎把吉普賽女郎卡門正是愛情善變性的象徵忽視了，它說明的是愛情本身的性質，不是指女性是如此，因為男人的善變性亦十分普遍。對男性的負情或無情已經被你毫不保留地批斥了，事實上因個人的氣質和涵養的不同，在愛情中使用暴力和殘酷的手段，男女都有，所以如你的結論所說的，真正擁有愛情的人，即使從失意中，仍然會學習和產生正面的愛。

三十七

你在〈金錢與愛〉的三個問答題中，誰都會圈選後者，尤其認為愛情至上者更會毫不考慮地贊同後者，這等於考試要拿分數的緣故。但對歷經生活和情感陶冶的人來說，會覺得這樣的問題太過對比，好似有意而設的陷阱，故意讓人選擇一方，然後事實上說：那是錯誤的。

在《茶花女》一劇中阿芒父親的角色是男低音，他唱出的那首弦律高低有秩的歌調，是我頗喜愛的音樂，我常常去山野散步，在無人開曠的地方吟唱，像是在練歌喉，事實上，我是藉唱歌來吸取較多的氧氣，以便調舒胸臆。

三十八

當你把情人間的爭吵歸類於正面和負面兩種時，我想到了自己在感情上和工作生活上的種種遭遇，半世紀的人生給我的感想是心灰意冷。我頗像一位舊時代的保守女性，卻處在你說的男性跋扈的時代，這使我主動性地選擇孤獨或獨自生活的愛好；我變得喜歡做家事，打掃整理和煮飯，而與人相處幾分鐘便感到煩厭不堪。在社交的宴席上，我會有不斷地想要離開的念頭。我喜歡一個人獨睡，不喜歡和女人睡，更不喜歡和男人睡，因為我既不善交談亦拙於爭吵。凡是遇到困難的場面或過份熱鬧的所在，看了幾眼便想溜開。我幾乎逃避一切而只喜歡面對自我。也許你會說我是自戀狂，人格和生活的鍛鍊均不足，總之就是懦弱、逃避責任，不敢面對現實。事實上人家要我做什麼，只要我能做的，從不拒絕，僅僅只怕的是爭吵，因為自知學問不好，就害怕做什麼辯論。幾乎各式各樣的問題爭吵都為我所不喜。也許你會說我有獨裁意識，但我又不喜歡駕馭別人，沒有領袖欲使我發展出各種領袖人物具備的條件，如能言善道，外表有魅力和使人有信賴感的權威性。我幾乎什麼都不配，好像是一個女性的男人，對一切都忍讓，忍不可忍時，也只有走。退走是我唯一處事的方式，如果我有機會可以在將來銘刻一句墓誌銘，我會寫「我唯一的心願是模仿造物者的沉默」。

三十九

當你的撰述廣博得面面俱到時，使人覺得你的說法合情合理，公平又公正，讓我啞口無言，不能置評和批駁。但你總在最後的幾行裡，類似引用老舍在《離婚》裡寫的：「就是社會黑暗得像個老煙筒，他也能快活、奮鬥、努力、改造，只要有這麼個婦女在他身旁。」造成我的心念又得一轉和懷疑，好像女性的存在是男性唯一存活的理由，難道沒有婦女，男人就不必快活、奮鬥、努力和改造嗎？非常冒昧，因為這時我又想到聖・法蘭西斯和雷翁那圖・達文西來了。

四十

談到「幸福」，我以一種斜睨的態度聽你娓娓的提出要達到幸福的條件和要素。什麼是「幸福」呢？像什麼是「愛」或「愛情」，你的論點無不瀰漫在每一篇章中，我因為聽得太多重複而產生心理性的疑問。我對你的理性建言頗為敬佩，就像我對《三民主義》《建國方略》、《建國大綱》、「民主與自由」、「人民的福祇」等等言論一樣，一點兒也不反對持異議，但是落實在那裡呢？當我有時行走到城市的街道上，看見交通的紊亂不堪，我想並不是沒有一部詳細的交通規則，而是……。

四十一

你說：「貞操的真正意旨，應該是對於愛情的信守和純情。」那麼愛情的真義就是信念而非獨特對象了，就這一點而言，男人同女人一樣的專志。從現象看到的，或從某一個人一生的經歷裡，每一個男女在不同的時空都伴有不同的愛侶，這不能說為不守貞潔，而是存活的一刻不能沒有愛情。貞操的意義如果有所嚴格的約限，那是每一個人的不同觀點和做法，由每一個人的氣質和命運去決定，無關道德標準，為愛而活或為愛而死，完全操在個人的意志裡，這才是新貞操的定義。

四十二

如你所說的，有關「激情」的認知，大家無不把它當做「不當而超過」的表現來想。在你的用詞裡就有「荒唐激情」和「是一種非常猛烈且盲目的感情」做為解釋，然後依你習慣的論說邏輯，把它視為「低劣」「墮落」甚或不成熟和病態。好壞的區別對你而言是絕然分明的，因此愛情就有高下陳列的系統觀念，愛情的階級意識對你就十分的顯然了。至此，你的愛情帝國已頗具規模，你的永恆的戀人的塑像是依此帝國的需要而設和象徵它的存在，這點形上理念架構和實踐於大地，你是定下一板一眼絲毫不能妥協的規定。不讀你的書，實在還不會認識你這位尊貴的愛情君主。

我無意反對你的愛情帝國的嚴密統治，我敬而遠之地敬重你的存在，因為我也相信那是個幸福樂土。不過，我不知道你是否見容我的凡夫俗子的姿態呢？我只有個人式的無霸思想，不是放縱而是在不干犯他人的範圍內隨心所欲而已；我只是一個海洋中的小島，一隻天空中的鳥雀，一隻森林裡的鼴鼠，我視激情為一切愛情歷程的起發點。前面我也說過，用字遣詞是有我個人的性情偏好，有點無視傳統的嚴格限制或多數人持有的壓制觀念，所以「激情」說來只像是汽車的點火器，這部汽車發動後是否順利行走，通達目的地或墜崖而毀與它無關；由於激情的引發，才有心靈熱情的內涵顯現，如笛卡兒的範疇裡列出的「驚奇」「愛恨」「慾望」和「悲傷」。激情不是一切後果的造因，所以激情無罪；生命本身才是一切的造因和後果，而且各個不同形式和內涵的生命都是同等價值的。

一個民主式的愛情觀應該合於這個時代或未來的時代，當然也許需要一個真正民主的社會環境才行；國家的責任是保障個人，而不是為政治權力縱容某些團體的獨佔營利；每一個人在生活事物中，不需請託或依靠權貴才能辦事，就像商店能童叟無欺；個人也不需一定要加入某種組織和交什麼樣的朋友才感安全和高人一等；在這樣的社會裡，愛情必定有新的面貌，男女之間必是平等的；在這樣的局面裡，「感情的騙子」或「不貞的淫婦」之類的字眼不會出現在文字裡或口傳的用語裡；如果歡喜快樂，那是一種幸福，悲傷孤獨也能體會出自甘之味，俊男美女在一起和醜女矮個子在一起一樣的是自己的選擇，自有一份屬於自己的可愛之處。在這樣的愛情知識的世界裡，誰還去分別「理性」和「感性」的高下，甚至用「利他」或「利己」來分別貴賤呢？如有，這種二分法的用詞簡直是在造成是非的存在，就像你把「激情」貶得低下卑劣一樣；當你慶幸從愛情交加的天地活過來，寫下這本頗具規模和見識的作品時，這種成就你不感激那份原初的「激情」嗎？

四十三

觀覽封建制度下權勢主宰一切的《金瓶梅》世界，西方帝制下宮闈的奢糜狡詐世界，近代共產特務制度下的東歐如米蘭·昆德拉的《生命中不能承受之輕》的世界，六十年代美國在越戰陰霾下的嬉皮世界……等等導致於像你所說的「心靈的去勢」，男女間情愛的不平衡狀況，實緣於生命或生活受到威脅和恐懼，而不是男人生來就是像你所說的那麼橫蠻、卑劣與無情，把「性」當為一切不如意的發洩孔道，而對女性無禮和凌虐。情愛的現象在社會的各階層裡都有著不同的表現方式，甚至在年齡上也有分別，所以謀求「情愛」或「愛情」的合理之道，如做單獨的討論是無濟於事的，只能算是片面而空洞的理論罷了，因為如你的意思所指，愛情不是人生唯一重要的事體，性也絕非唯一解決愛情的功能。愛情不能單獨維持長久的存在，愛情只能單獨存在於短暫即永恆的知識天地裡，這個天地恐怕既狹小又孤絕，如一張床或一小片草地，任何事物的干擾都可能破壞影響它。它想在生活中保持長久些，需要社會環境的扶持，個人智慧的施展，人格即良善心靈的發揚，因為它不能憑空存在；在惡劣的環境裡要堅持愛情的純一和神聖性，只有通往死亡即完成一途。所以你談到「心靈的去勢」在男女愛情中的缺憾感，你只偏重檢討男性的病症；由於你毫不容情地將它暴露出來，我不得不同情地道出：「啊，可憐的男人，你為何如此？」而你對男性的瞭解和掌握與對女性所做的保留（甚至隻字不提）讀來感受特別的顯然。與其說男人受女人詛咒，寧可說男人被造物所戲弄，讓他受了這麼多的活罪。

四十四

你的筆墨在書寫到〈愛的禮物〉時有無比的細嫩和美妙，像你最後所歸結的「運用美麗的各款各式的花語來表達」一樣的淡雅和高潔，是技高一籌勝於一切的。

四十五

「然而，無論人生還是愛情，並不在於如何死，也不在於結局，而是在於對待的態度是什麼。」過程是存活的一切，結局或死亡已退出了它應有的意義。

「在愛情上，最為主要的則是曾經愛過。」讀到這句話，使我憶起十七、八歲時最為喜愛而常不離身邊的一本《世界名歌精華》的精裝本，我喜歡它們的歌調這是不用說的，而至今不能忘懷給我深烙印象的是三幅蝕刻銅版畫：一張是一位坐在園裡花草間椅板上的沉思婦人，頁白上題有一排字是「愛過勝於無愛」；一張是山嶺和小徑的風景，題著「人性的醜惡辜負這美麗的山川大地」；一張是一個深沉的男人的側面像，沒有題字。

♥

Jennifer，讀畢默思，久久不能想出或說出一個字。我站起來踱步，在我的書房裡像繞著你親手塑成的雕像欣賞和凝視，使我肅然起敬的不是你言中真理的迴響，而是你完成它的虔誠態度，這份用心又是用溫柔織成。我幾乎不太注意你談到的「真愛」是什麼和要怎樣才能做到「真愛」。我做不到這些，就像我懷疑那些為某某主義而吶喚的語聲一樣，以及人們如何談「神」或「學佛」的事體，我採取敬而遠之的態度。我的一生都是為生活而掙扎和付出忍耐，並且隱遁退走，以逃避危害我的心靈而能繼續活下去，所以我沒有精專的知識和資格來評斷你的愛情之說。讀來，你文體的莊重、態度的從容、格式的統一、議論的廣博而不失細緻，與我一向做事的草率和思想的偏激是一種適成的對比，我的筆記誠屬多餘和無聊，僅只表示我從首至尾品閱的證據而已。我希望別的讀者能真正重視你的正文，你付出的虔誠和辛勞值得讓人升起敬意，對每一個細唸你的文字的人都有反芻的益處。我想這是你花一生的感情去體會而塑造出來的結晶，所以你寫給永恆的戀人而未寄出的信箋，事實上收信人也是你自己，因為你愛的一定要你自己稱心滿意才算真愛。

竹手杖行記

踏出門外，先看天顏，瞪一眼西偏的太陽，感知它對大地的照臨。陽光的光耀固然使他欣悅，遭遇灰陰的日子他也並不遲疑；偶逢大雨狂風，他只得留在屋裡，並不心存異貨。

走出聚落的屋舍視線外，就彷彿釋放自己心中的束縛。一條小路自大道邊分開，在他的眼前展示的，一邊是相思林和雜草密佈的山嶺，一邊是平闊的田園。

據說，屢有盜賊曾不顧艱難，冒險攀爬而翻過這座荊棘叢生的山坡，到另一邊的社區去偷竊。他仰望而想，茲生一股體諒那賊子的辛勞，設若這等勞苦用於世間的任何事何難，竊物到底又值何價呢？

而田野看來使他舒坦，作物正值茁壯之際，綠禾躍躍在風中掀浪，令他駐足欣賞。隔著田畝，遼遠與他相望的，是竹叢圍屏裡露出的紅瓦屋的農舍；這一眼望，不覺使他凝注而目盲了。是否他有羨慕？但其心幽暗無明。

他早歲出生於街市的貧家，父祖無田產，日據時代得准於公地上築屋而居，適與一戶農家為鄰。光復後，民生困乏，其住隔壁的姑丈以收破銅爛鐵為業，平時挑擔四處收買，再轉賣給大盤商，只為生活而備嘗辛苦。後來由於罹病在家休養，每當晨昏置木凳坐於屋前，枯瘦和肺癆咳吐，狀甚可憐。有一日，他望著鄰農屋旁的棚架絲瓜條垂，一時突生貪饞，視左右無人，前去攀摘。正要取回時為農夫瞧見，遂厲聲喝住而罵。他頓感羞嚇，向其下跪道歉，托瓜奉還而無效，農夫堅決告官。不料，執事的刑事官案件無分輕重，入局杖打。半月後抬回，已臀股肉爛，雙腿癱瘓，奄奄一息，拖至半年，無望而死。

•

他坐在乾枯的池塘草地上，沉微地呼吸著，一動也不動。朝天仰臥，直望的是一個扁圓的洞天。竹子、刺槐、樟樹和柳樹環岸包圍著他。悠悠白雲無聲地輕移，襯著明朗的青藍天空，這是永遠不會使他厭膩的色澤。

今天，他下到池底來，是為大片的青草和樹圍內的寧謐所吸引，也為秋天又逢爽乾的緣故。他知道，冬季時這池子將再蓄池水，直到明天春天可供早耕，但到夏季的晚期，稻作播完後，它便被吸乾了。

他多麼感激這些柔軟的細草，承墊著他的臀背。他自知此生，不能真正生活於廣曠的原野，只得在這居住地的附近，尋覓些自然情趣。

他觀鳥，就有多種的鳥禽，跳躍和棲息於池旁樹木。牠們喜歡叫鳴。幾隻白鷺飛下來，在距離他數尺的地方踱步啄食，一面還會轉頭過來關注他。

不知是路過的學童的吱吱喳喳聲，還是他抬身坐起來，而驚嚇鷺鷥飛走。他們總是像在爭論，也像在說笑，而他站起來，像逃離似的走開。

•

路旁的灌木叢，與棄置的機踏車、舊冰箱為伍，形成一道密佈的牆垣。白撲撲的芒草花長在其中，隨風飄搖。有一處方場，圍堵著磚石砌成的高牆，內外堆積著大批報廢的物品，它們從家庭或工廠被清出來，經日曬雨淋，已陳舊和鏽蝕。那種空洞無門，或脫掉了輪子，或缺少某一部份表層的空殼，如生物死亡後，遺留下來的骨骸，是完全像刑場和墓地，所暴露的形象。

他徘徊瀏覽那些被宣示為死亡的東西，用手裡拿的竹杖，敲打著它們，使之發出仍然還是金屬，或其他屬性的東西，這不禁使他還能想像著它們曾被器重的完美樣子。

從堆疊所成的黑暗空洞裡，不意伸出一個閃亮活動的鈍形頭部，連著一小片紅舌信，在前端迅速吞吐，兩眼細圓晶亮，望著他，似在質問他的無端造擾。他連忙道歉說：「抱歉，我不知道你在這裡。」牠滑出長長的軀身，沿著泥地要走。他又說：「你留著，要走的應該是我。」牠更為驚慌，快速地竄入草叢中。

遇此情景，他顯得無比的羞慚。童年時，在一處別人家的菜園裡，他睹見過一個人和一條眼鏡蛇的凶狠格鬪。那條蛇發出虎虎的威風，把身體從地面拔起有兩三尺高，但那個人握著一根粗長的竹棍，打得牠遍體鱗傷，最後牠的頭部碎裂，尾巴依然搖擺活動。

他在尋找可供穿過把山溪遮蓋得十分緊密的竹林的缺口，而不肯放棄這一條臨邊的埂道。其實，他行走到這裡，離他出發的聚落，已經很遠了。但天色還很光亮，平常他總是在山區環繞一大圈，在日落漆黑時回到家。

他行走的路線，並不每次相同，他高興隨心另闢蹊徑，只是想把身子走累，把積壓的憂悶發散罷了。

這長長連綿的竹林圍屏斷開了，他看見短截的溪面，有緩慢的淺水流，從排放著踏腳的石頭間滑過。對岸的上坡道，承接著這個唯一的通口。過溪後，他放慢腳步，注意這陌生的小徑。樟樹幹上有樹皮的自然鏤刻，附膠著被螞蟻帶咁上去的黃泥土。

一處擺石頭圍繞起來的垃圾坑。

他格外驚覺和謹慎，小心地踩著落葉，好像要去接近一個不屬於自己的、別人私有的地域。好靜！在這條坡道上，他還未見但已意識到，坡上必有人家。

犬吠把他嚇慌了，一隻棕色大犬帶領著數隻小犬，威武地立於坡頂，對他怒叫著。他舉起竹手杖，迫使牠們後退。一塊打掃乾淨的場地，榕樹投下大片陰影，他站著朝視紅磚屋的一面側壁。

一位頭髮灰白的高瘦男人，自屋角出現，問到他是誰？他有點驚，答說過路人。詢他做什麼的？只說散步而已。他疑他不曾見過，問他從那裡來？答曰：住風口山畔。再問到他有何事？他說沒事，真失禮，向其鞠躬致意。

他轉身，防備犬追後咬，故意竹杖拖地走。

●

在山腰俯瞰，那戶人家就在他站腳的下方，林木前後蔽護著，仍能看見三合院的前庭和圍牆。這一帶的地勢和空間，顯得縱深和開闊，兩嶺間皆闢為隴畝，谷底開向西方，宛似自然劇場。他立定良久，滋生喜愛，省思自己為何沒有緣份安身立命，於這般田園山野？

他自幼年父母不在後，幾等於家破人亡，沒有親戚朋友接濟，兄弟姐妹四散謀生。他單靠在省城為傭的姐姐資助，而完成中等教育。隨繼服役和就業，結婚而生子，勞碌半世不曾歇息。

這往上走的路，路面頗不平坦。路斜，雨水沖刮的結果，到處是暴露的石頭和窪洞，不良於行。

在分路口，他停步，稍做思慮。腦中有著一條已經走過的路徑圖，對於將要前行的，應做個預計，衡量自身的體力與興致，免得無端的亂走而自尋沒趣，換得疲憊和懊悔。

他決定高爬而上，想像著，翻過山岡後，可抵達接連居住聚落不遠的，一條山脈。

沒想到，往上走的路，中斷了，遇到一整列竹林，被砍伐後再放火焚燒，留下的黑竹頭。他就此回望背後的太陽，它顯著地西傾了，熱力已經消滅，掛在俗稱大坪頂的對嶺上空，把遠嶺上的大片樹林，照得上紅下黑。那片竹子下方，有一個偏僻的村落，叫愛哭寮。大妹敏子七歲時，就給寮內的一戶人家，當童養媳。

•

他的頭露出山頂時，聽到一下一下砍剁的聲音，感覺似乎不在這山頭附近。站在高處，可以感到強大的流風；轉動身體觀望風景，可以辨識山脈的走向。最遠可以見到天邊和海洋相接，太陽正要臨近，天空開始在預佈，黃昏金色的盛景。

他在雜草和荊棘中找腳踏的土地，以便穩住身體下滑。下到一條為高稈草淹沒的道路，往下看，是廢耕許久的隴田，那裡四散著放牧的羊群。在一棵樹下，他找一處可坐和可依靠之地，好觀看那些白色和棕黑的漂亮動物。

而這一靜下來，再度聽到清晰的砍伐聲。隴田對面的山坡上，在樹木枝葉的隙間，透露著彩衣的身影，又搖動著一頂綁著花巾的笠帽。在這荒山裡，和一位拾柴女邂逅，一定十分浪漫……

他記起，西洋歌劇《瑪莎》的情節。但兩相比較，他無從想像，真實有何綺麗的美感？

他依然依靠在樹幹，閉目默坐遐思。突然，有發動摩托車的聲響，逐漸徹驚山谷。從縫洞看來，那殘缺的身影，沿著斜線移動，而漸漸離去，然後消失淨盡，恢復山谷封存的寂靜。他一覺醒來，樹木蒼翠，羣羊安在。

●

強勁的晚風，巡行開廣的不耕沙地，雜草叢生，侵沒傾圮的土塊屋。大概由於種植不敷成本，缺水，土地原本墾植蘆筍和甘薯，就任其荒廢了。一區區，在埂道上，有防風的木麻黃，顯出被砍折和疏落的殘相。他撞到了透明而不留意就被纏住的尼龍網。

尼龍網架在樹與樹間，或高高豎立的竹桿之間，很狡巧地依地勢和風流，有高有低的佈置著，或者觀察出在空中的飛行線，來安排阻擋，有新設的，有陳舊破壞的。

鳥屍掛在網上，頸部穿過網眼，腳爪勾住網線，頸羽逆開，垂吊在風中盪動。遠見牠們，像逆風浮停在空中，近看卻隻隻是死鳥。伸手輕摸牠們，細緻可愛的羽毛鬆開了，隨風飄散，赤裸著瘦筋的身體。這些披著彩衣的飛禽，原本自由自在的翺翔於空際，而令人仰慕，卻也有被人類陷牢而掙扎死亡的運命。

他注視牠們，那最後無力掙脫撈網，而疲憊無望地，垂下眼簾的枯黃面目，感到憐惜和歉疚。他們要捉的，也許遇某些有市價的鳥類，卻令更多不同的鳥，犧牲在這無情的所在。

牠們原是天之驕子，美麗極了。有白羽頭的，嘴紅腳紅；有身背呈栗棕色，白腹黃腳；有的尾羽修長，藍得發亮；有的全身純黑，像衣飾高雅的紳士；有些身軀細小，像小女孩……

溜下崗崖，跳過一谷壑，往上走一小段，踏著水泥階，就到了一座土地公廟。這是他回家前，最後的一處觀覽和歇腳站。從這半山的平台，循地勢可以辨識，這條山嶺逐漸低斜，在縮尾的地方折彎，就是他與數戶人家為鄰的聚落。

在一天中，比任何時辰，看起來都要大些的太陽，在偏南的海洋上空，距離水平線，只有寸餘，已經能正視它，而不覺刺眼。天空的景觀，只有在這段時候，明白地看到，由雲色和形象，組成莊美的意涵。那半邊的天，如布景般投射著，黃金的光線，墨藍的雲堆鑲著，格外赤紅的沿邊，海面上灑落著，跳動的金片。

相反的，在北方，像一小撮過份擁集的，市鎮房舍，卻顯得褐暗而無光。

一位農夫牽著一隻灰色水牛，經過廟旁小徑，牛背上的皮毛，清晰地顯現，自然生成的螺旋。老婦人，單獨提著茶壺，來到廟裡，招呼著：「歇息嗎？」「是歇息。」在先前，見過多次，而相識了，因此只有，這麼簡單的問答，就足夠了。她把神桌上的杯子，舊茶水潑去，換上新茶水，燃香膜拜，一會兒便走了。

在這片刻，天暗了。這情形，像天空的一盞燈熄滅，使他躊躇著，是想走，還是不走。他感覺有點腳瘦，也許更是，心裡頭有些意懶。他順勢倒身在短牆的平台上，仰望那猶留餘光的上空，微細而稀散的星光，曖昧地對他眨閃。

他的思緒，連接到最後的寂寞，好讓自己能在這刻，平靜下來。

此時，在廟後的上空，閃著火紅的映光。他彈跳起來，急忙奔到高坡，穿過葡萄架，站在邊緣上，遙望溪谷對面的山坳。那裡正冒著大火，猛烈的爆炸，和飛出的火花，又點燃山上的林木。一下子，那裡烽火四起，在夜色下，不像災難，像慶典。這是他曾經目睹過的，最熾烈的火光，相隔兩個對望的山頭，依然能照紅他的面龐。

綠光

一

戴芬，是法國導演侯麥的電影裡的女主角*，她尋尋覓覓無始無終，這種類型和我本性頗為相似，所以看到這部電影就像從銀幕上看到我自己的顯影。侯麥的動機似乎沿襲了汝勒・魏納同名的書和某些內涵，我沒有讀過那本書，只從電影裡知道這位作家。我提到這種關係是為了表明對某種現象的存在有不受時空限定的認同。因此，我自承我就是戴芬。自來我瞭解自己的途徑不外是發現了對象顯露的本因而受到啟示，否則難有內省和自知的可能。事情就是這麼單純。

二

我接聽卡洛琳打來的電話，她告訴我不能等我而要先行去度假。我必須再工作兩星期才能真正離開悶熱的巴黎。這件事就這樣使我感到十分的沮喪。在公園的博物館前廊，我對曼紐拉提到這件事，我真不知道這事將怎麼辦。曼紐拉說可以找別的同伴，可是目前我真的沒有人可以同行。她自己的伴侶是安康，她還堅持說我找得到同伴，有一個人想和我同行，想和我在一個大別墅中度假，他就是哈伍。提到哈伍，我對曼紐拉感到訝異，簡直就是神經病。她還是說哈伍不錯，我只得搖頭，不再和她討論。對我來說，獨自去度假是一件困難的事，雖然可在那兒交到朋友，但我不知道將去那兒。曼紐拉根本不懂得我。但是她卻提出另一個我也頗表新鮮的意見，就是去西班牙，她的祖母在海邊有所大房子可租給我房間。的確如她所說，到西班牙去度假是不會寂寞的，那裡有很多的遊客。如果是我單獨去西班牙的話，我得慎重考慮，因為我沒有冒險的精神。曼紐拉站在石像前面，她生氣地說誰也猜不透我喜歡什麼樣的男人；她揶揄我說這位石像如何？妳該喜歡他吧！他很英俊，他有點髒，但好雄健，看！好美的腿肚。

*《綠光》（*Le Rayon Vert*）是法國新浪潮導演侯麥（Éric Rohmer）一九八六年的電影，本文為七等生以電影女主角戴芬為意象的延伸創作。

三

我對爺爺表示七月好奇怪，他說對，不熱。我偶爾去看他，他獨自住在一間有後院的小房子。我問他假期做什麼？他答說不做什麼，退休了，做做家事，只有家事可做。他現在從不離開巴黎，他表示以前年輕的時候經常離開兩個月去汝拉省和瑞士的邊界地帶的山口。我再問他八月也常留在巴黎嗎？他說很晚才開始休假，因為工作的關係，近六十歲才第一次看到海。他表示他們那時不太放假，拚命工作，開計程車，需要放長假，所以便開始放兩個月假，在鄉下一個人的家裡照顧小動物和他的小院子，在那裡停留兩個月。他不愛山，因為他已習慣在巴黎開車，害怕滑陡的山路。他是真正的巴黎人，在都市裡覺得很舒服，有散步所需的一切，有大公園。我以為沒有自然，沒有海，是不可思議的，但他以為塞納河可代替海。我說這可不足夠，他卻說當然夠。我想對塞納河表示我的意見時，他搶著說：我到海邊做什麼？我本來就是不識水的旱鴨子，見水就怕，怎麼辦？

四

我到姐姐伊莎白家去探望他們，他們會去度假，想去比較不熱的地方。他們說去露營，遇到下雨就找民宅住宿，吃早點。伊莎白說走走停停，帶帳篷及一切，反正那兒到處可露營，是合法的，不像法國，那兒幾乎沒有所謂特定的營區，那兒西部海邊到處有露營野地。但是我不太相信那兒的人會熱情，雖然姐夫說露營時到人家的私有地，只要問一聲就行，我還是疑心重重。這使我不能太相信他們說的話，何況他們說都柏林還不算最好玩的地方，簡直越說越離譜。他們的小男孩坐在我的雙膝上，我問他：

「你喜歡去？」

「是。」

「你去過愛爾蘭？」

「不。」

「還沒有嗎？」

「還沒有。」

「你想出國？」

「不想。」

「愛爾蘭是國外，這是出國。」

「我不想出國。」

「那麼你為何喜歡愛爾蘭？」

「因為……那是一個漂亮的國度。」

「你怎麼知道？」

「因為……伊莎白跟我說過。」

「既然是伊莎白說的，那兒雨下個不停，怕不怕？」

「不怕。」

伊莎白對我說：今夏到都柏林看我們，好好來看我們，家裡只剩妳沒來。我說我知道，但夏天我較想去熱的地方，想做點小改變，換換環境。我表示我會去看他們，可是不知道何時；八月裡我想看看海，泡泡水，想把皮膚曬黑。我心裡想和尚皮耶聯絡，再看看，因此我雖喜歡去愛爾蘭，但這不是馬上能決定的事。

我從他們家步行回家時，在行人道上看見一張背面朝上的撲克牌，我撿起翻過來看，是黑桃皇后的圖像。我站在那裡，一所古房屋的方窗下，遲疑著片刻，想想這會是什麼預兆，但什麼也想不出來。我把它放回原地，然後懷著無可名狀的感覺走開。

五

每當我心無主張時就會想到尚皮耶來，他遠在山上，平時不下山，他打電話來時我正在陽台無事朝望著街道，我早想和他聯絡。我以為他會留在山上，所以向他商借海濱的房子。他說現在還有人在使用那所房屋。他要我獨自上山去，這是老問題，對我根本不可能，我也沒什麼理由，就是不喜歡。我告訴他本來和朋友計劃去希臘，但朋友爽約先行，我也許去愛爾蘭，還不一定，目前不知道怎麼辦。

六

週日，我去找朋友的途中，看見電柱上貼有一張廣告紙，這樣寫著：自閉症治療，面向自己以及與別人的接觸。

我們圍坐在院子裡的樹蔭下，坐在我旁邊的貝雅蒂斯說她曾經獨自去佛羅倫斯，為何我不獨自去度假。我曾經試過一次，我覺得沒意思，也不喜歡。雖然她認為獨自度假好棒，我獨自去過尼斯的那次卻覺得真不是人幹的。曼紐拉說獨自去度假才能交到朋友，她就是這樣才有機會遇見安康。她則認為我在巴黎交到的朋友不多，如果想多交朋友，為何不參加團體度假？

「神經病啊！」我說。

「妳有成見？團體有何不好？」

「你們是否在批判我？」

「我們沒有批判妳，是妳得擺脫寂寞；妳不能這樣下去，不能永遠單獨生活，看看妳多憂鬱。」

我不憂鬱，我很好，我不知道她們到底怎麼看的。

「妳孤獨，妳覺得孤獨有意思嗎？」

「我當然不覺得孤獨有什麼意思，但我就是不與團體度假。」
「妳得主動擺脫孤寂，我們是朋友，該幫助妳。」
我只得說她們不瞭解我。
「不瞭解妳，但看得見妳。」
「看見我什麼？那樣短時間。」
「我們談過。」
「談過什麼？」
貝雅蒂斯以凶悍的態度對我說教，她說是為我好，為使朋友好有時得的確要凶一點，像父母偶爾要說出這類的話。我認為不以為然。我心裡想：妳和我不相同，就是因為不同，這樣生活才有意思。其實，我很好，雖然目前我有點孤單，但並不全然是孤單；我的心目中有人，雖還沒有遇見，但我很在乎他，保持他在我心中的存在。
「妳要停止自我折磨，不能那麼死板。」貝雅蒂斯說。
曼紐拉也突然說出使我羞顏的話，她說：
「戴芬，反正妳和尚皮耶算完了，妳到底要交朋友或是活在回憶裡？妳要坐等白馬王子或採取主動呢？」
「怎麼主動？」
「可看看妳的星座命盤，轉動桌子找男友。可試試看，該相信什麼吧！若不相信……。」
「我相信，我相信，信某些事情會自然地到來，但會自然地發生是毫無道理，比方說愛情。」

「妳不相信，妳不迷信？不信命運，不信紙牌，不信占星術，什麼都不信嗎？」

我偶爾在街道上撿到的紙牌，難道撿到的牌總有什麼意義嗎？我曾注意到那張撿到的黑桃皇后，背後圖案是綠帽和綠豆子，巧合的是，我曾遇到過一個通靈的人說綠色是我今年的顏色，奇怪得很，從此可能是我特別注意的關係，我總是遇見綠色的事物。

「妳可能遇到綠色的外星人。」她們取笑我。

「不論如何，綠色代表希望。」我說。

貝雅蒂斯說：「妳是魔羯座，由於不願意接受固定觀念，寧願等待白馬王子，總是孑然一身，這使妳產生沮喪。真是惡性循環，如何才能改變妳固執的個性呢？」

我回辯道：「是生活對我固執，不是我本性固執。」

我擺脫了這些無謂的爭論。我知道我不是為了男孩子，也不是為了假期，這些都是表面要發生的事，真正的理由是沒理由可說的。

七

我和淑婉結伴去瑟堡，我們在港口的堤防瀏覽風光。她指著對岸說那邊是拉伍格，又指著另一處說那是石油探勘台，那兒就是遊樂碼頭，那兒是拉雅格，而另一邊則完全沒有開發過，儼然是個旅遊嚮導。但我卻注意到一隻正在水裡游泳的很漂亮的狗。

「妳有沒有注意到那個男人？他有棕色頭髮，身材很棒。」

「別這樣看人，不要一直的看。」我說。

我知道那個男人就站在我們同一條堤防道上，他面向海港。

「他很不錯啊！他在看我們，他是看妳，他一定在注意妳。妳看嘛，他適合妳。」

我正感到難為情時，淑婉提高嗓子向那個距離不遠的男子打招呼。他回應後就自動地向我們走近來。

「別這樣，妳的膽子真大。」

但淑婉並不理會我對她的警告，繼續和他交談，甚至互道姓名。原來他是位水手，他們的船就停泊在港內。

「我的船明天要開往愛爾蘭。」

「我差點兒去了愛爾蘭。」我開口說。

「為什麼？」他問。

「當然使我留下來沒去愛爾蘭是因為我喜歡瑟堡。」

然後淑婉搶著和他說話，談得很開心，他們居然訂下晚上的約會，可是我們早先已經答應和家人一齊吃飯，我表示不該和家人爽約。

「當然可以爽約。」淑婉說。

「不行。」我說。

「為什麼？」她問。

「因為已經說好了的。」

「可以協調啊。」

於是那位男子建議在飯後見面，去保齡球場吃客冰淇淋。我承受不了這種勾當，想拉淑婉離開，但她還不願意走，我只好一個人走開，背後又聽到他們這樣說：

「我們明天見面。」

「明天我就走了。」

「那就改天吧！」

淑婉從後追上我，問我為何要走掉？我說我很當心啊！她以為我會喜歡這種男人，我根本不喜歡，他像是專門釣馬子的男人。我知道我這樣是交不到朋友的，但是，一個第二天就要走掉的人，真可以去信賴嗎？淑婉說：

「要是我，就會答應。」

「我們不同啊！」我說。

八

我和淑婉的家人吃飯的時候，他們表示歡迎準備了許多豐盛的菜餚，譬如豬排，有全熟的，也有半熟的，可是我不吃肉。我也不喜歡蛋。他們想要為我做別的東西，我表示不要麻煩，只要有番茄和蔬菜就夠了。我不但一點肉都不吃，連魚也不太吃，曾吃過幾次是因為當時沒有別的東西。他們認為這樣在營養方面會有問題，而且在別人家裡會有麻煩。我說沒問題，沒關係，我的身體很好，我在家一向吃穀類，給自己做好東西吃。

「乳製品呢？」

「對，乳製品，牛奶、杏仁這類東西，但沒有必要吃肉。」

「我們可以給妳買些特別的東西。」

我希望他們不要為我特別買些什麼，我根本沒有問題，我已經習慣了。

「甲殼類海鮮呢？」

我說我也不吃。

「龍蝦呢？」

我說那些都是動物，代表動物的一切都不吃。我覺得不應該，那些動物都有血液。總之，他們問我這些豬排會讓我看到豬嗎？他們比方說我喜歡綠色食物，我到院子裡要採它時，它還是活著，採下以後便枯萎而死了。我說對，可是這不一樣，絕不相同，對我來說，蔬菜離動物很遠很遠，它比動物離我遠得多，蔬菜是朋友，比較清淡，比較有提升力。

「是沒有血液？」

「對。」我說。

「沒有跳動的心臟嗎？」

我說我對事物的認知不是在目前我所處的階段……也許我弄錯了……是本性的問題，我就是這樣。

「我在年輕的時候到肉店買肉也有類似的感想，但我到包裝精美的超級市場就不再有這樣的感想了。」

我回答這樣證明對事物的認知問題完全不對，因為若只因對自己的行為無認知，對人們屠殺動物無認知，這是錯誤的。你到肉店時便有認知，對血、對暴力有認知，如果在超級市場便失去了這種認知的話。

他們認為這些製造者的環境與我們完全不同，我們仍毫無顧忌地購買他們的東西，若每次到超級市場買東西都有認知的問題，那豈不是……。

可是我只談肉，在法國根本不需要它，因為有許多別的東西可吃，是很容易解決的認知問題。

我的說法引得他們全都笑出聲來。

「有許多省錢的葷食啊！」

我繼續說：肉很貴，穀類很便宜。以整體的經濟來看，在野地上養一群牛比較貴，若吃野地上生長的東西便較便宜。

「但味道呢？我們較喜歡……。」

我說肉根本無味。譬如所謂的素肉醬雖是素的，但是仍有肉醬味，我便不吃。雖知是素的，仍覺它討厭。

「只因肉醬這個詞嗎？」

我以為不是文字的問題，是那味道，那種東西很膩人。

「這樣營養不足夠。」

「不會的。我喜歡提升自己，這種營養方式很靈氣，很清淡。」
「如果我們請妳吃羊腿，在露天裡烹煮呢？」
「不行。」
「用的是炭火。」
我解釋說靈氣與氣氛無關，那是我在體內可感覺得到的。身體是我們提供營養的對象，但它需要營養也需要靈氣。這一切幫助我們生存，使我們……。
突然在談論的時候，有人端來一盤東西放在我眼前，我伸手去摸它。
「這很神祕。」我訝異地說。
當然，他們嘲笑我，拿來向我開玩笑。
他們說：「這沒有煮過。」
「我也不吃花，是本性的問題，因為……。」我從盤裡拿起一朵。
「那你還吃什麼？像中國人一樣吃米嗎？」
我說對，米，我吃米。可是我不吃花，因為花屬於詩，是一幅畫。

九

他們一家人都玩得很快樂，但我的心裡卻很孤獨。在院子裡，他們像在最初的伊甸園中，無憂無慮，盡情地享受休閒，而我卻有一份孤獨的自覺。在這個寬闊的鄉下院子，種植著許多花木，有草地，有鞦韆，而且有草莓。年輕的男女，喜歡盪鞦韆，快樂地擁抱和親吻，然後奔跑到花園的另一頭去採草莓。我和一位年幼的小妹躺在草地上，把身體露在陽光中，把頭部隱在樹蔭投下的陰影裡。這位小妹妹對我很好奇，她認為我很靜，不愛激烈的運動。雖然玩鞦韆不算激烈，我的確不怎麼喜歡，原因是我會立刻反胃，我小時候根本沒有盪過鞦韆。就像我會暈船，也不喜歡帆船。小妹妹對我很照顧，帶我去花園採草莓，她問我吃過紫梅沒有，我告訴她我吃過紫梅。她還問我有關我的男朋友的事，為何沒有來和我一起度假。我說因為他不能，他得工作。這雖然可惜，但他不在巴黎工作，我和他並不常見面。這位女孩一直問我問題，突然不小心被草莓刺刺到了。她似乎懂得許多男女的事情，問我會打電話給男朋友嗎？我說也許，反正我還有別人，她就這樣說：「妳換男人像換襯衫嗎？那很好玩，但會累。」

「是誰要妳問的？」

「沒有誰，只是問問。」

她又說是自己好奇，她的好奇是天生的。

「妳和他有計劃嗎？」

我說妳真的很好奇，但我不能立即有計劃，這得慢慢來。

「那麼妳以後會和他住在一起嗎？」

「會，總有一天。」

「妳會在此久留嗎？」

「直到你們趕我走。」我說。

十

我唱著：

「攪啊！攪拌孩兒的湯湯，

攪啊！攪拌孩兒的湯湯。」

我和一位全身赤裸的女嬰孩玩耍，我坐在水泥地上，她的手拿著小鏟子在我面前的鐵桶裡攪沙。我對她說：

「妳再去拿。」

「再一次就好了。」

她跑開去鏟沙。

「寶貝，慢慢來。」我說。

她把鏟來的沙倒進桶裡，我們合唱著：

「攪啊！攪拌孩兒的湯湯，

攪啊！攪拌孩兒的湯湯。」

十一

我很高興明天和他們去海邊，但我不划船，因為我會暈船。那座鞦韆隨時都有人在玩盪，有時坐著，有時倒掛，這些我都不喜歡。花園這邊的太陽傘下的陰影裡也是時常有人閒坐著交談，甚至男女之間互相捉弄鼻子。他們知道我是魔羯座。魔羯代表什麼嗎？它象徵一隻小羊爬山，它會儘量爬高，但通常它是獨自爬。他們這樣說。這確實有點像我，我不完全否認這一點。我和他們雖然相處不久，總覺得他們時常向我提議什麼事情，而我總是說我不喜歡，或不很喜歡。這是我固定的回答。其實我沒那麼麻煩，要他們為我安排什麼事去做。我很客氣。我負責買些東西，到處閒逛，我很好。我洗過碗盤，可是我從沒說過。他們也沒有責備過我。他們想討好我，這些日子來他們都想使我高興。的確，我這樣過日子已經很好了。他們無法瞭解我還有什麼興趣，到底我真正想做些什麼？在這些天中，我只想閒逛，這就夠了。他們疑問這樣就夠了嗎？夠了。他們說我是一株植物。我是一株植物嗎？

十二

在海浴場，我不能像他們一樣瘋狂的運動，不參加他們的團體遊戲，我只在水淺的地方走一走。我會游泳，但今天我不想下水游。

後來，我走到附近的樹林裡，毫無目標隨處漫遊，來到一處荒地。這塊空曠之地有好幾處的木欄柵擋著我的去路。這使我自覺慌張，極欲擺脫空洞和寂寥之感。之後，我撥開茂密的樹枝，發現一條為樹木的枝椏掩蓋的小徑。原來這是一條荒廢多時的車路，還留著凹凸的輪跡，只是被草和樹木逐漸吞沒了。沿路竟然都是花樹，我靠近去嗅嗅長在樹枝上的花香。風吹很大，搖曳著繁茂的枝葉，像狂亂的波浪發出驚人的聲響，我的頭髮也被吹得散亂飄動。又有一處木柵擋著我的路，我停下來休息，轉身過來把背部靠在木條上。這時，我整個神經被這一帶我所經歷的環境控制住了，我感到無比的孤獨，我只意識到自己的位置，而所有的一切都被隔離在城外，離我站立的地方很遠很遠。這種感覺使我掩臉哭泣。

當我後來又和他們會合相見時，我十分的喜悅，那些小朋友見到我都叫喚著，迎接著我，和我相擁互吻，問我去那裡，我裝著若無其事，只露出高興和歡喜。他們把手中握著的大串花朵和枝葉推到我面前要獻給我，我說不行，你們留著，那麼我該給你們什麼呢？但我不採花。我不喜歡他們蹂躪大自然。

十三

我結束瑟堡的度假是臨時的決定，並沒有預先想到要何時離開，是看到淑婉要和她的男朋友攜行李走，我好像有被人留下的感覺。在他們特意的呵護之下，我在瑟堡大致過得很平靜。他們對我好，但我總不能單獨留在那裡。我幾乎已經習慣喜歡瑟堡，所以我無法向他們解釋要走的理由，其實是很不好意思開口說要走。淑婉說：

「我去跟他們說，他們很聰明，會瞭解的。」

當淑婉走向他們圍坐著閒聊的院子時，我的確感到難堪而由屋外奔進屋內去。淑婉後來告訴我說他們不覺得奇怪，他們所表示的意見是真可惜，她很好。淑婉的回答是：

「他們跟我一樣的瞭解，她和我們不一樣。」

十四

所以回到巴黎後我試著打電話給尚皮耶，因為我在公園遭到一個男孩子的跟蹤。

我原先在市區閒逛了很久，後來走進公園，想找一個休息的位置看書。我選擇一張長椅坐下來時，才看到他在我對面的椅子也坐下來，但是他的狂野的眼睛一直瞪著我。他是個穿背心的流浪漢，在頸脖掛著兩條鍊子，模樣非常粗俗，一眼就可辨識是個在巴黎的外鄉人。我心裡頓時感到害怕，我想不理他，把書本從袋子裡拿出來看，但他卻站起走過來，在我坐的長椅的另一端坐下。就在這一時刻，我合上書趕快站起來走開。他緊跟著我走出公園，在街道邊他靠近了我的身體，對我微笑，我生氣地說：「要我的照片嗎？」「好啊，妳那麼漂亮。」他這樣說，他甚至要請我抽煙，掏他的袋子，但我已經拔腿趕快衝過了馬路。回到我住的屋子，我就打電話給尚皮耶。

我說：「哈囉，尚皮耶嗎？你好嗎？我是戴芬，我在巴黎……不是……我不知道……很不錯，但是……總之我回來了……沒有……你瞭解我嗎？我想問你，我可不可以上山……。」

十五

翌日，我搭乘遊覽巴士到達山區，只有不知情的米歇爾在店裡，卻沒有見到保羅的蹤影。我問米歇爾，保羅．尚皮耶的鑰匙在他那兒嗎？他說保羅到山谷去了，六點回來，他大都隨身帶著鑰匙。這是我從巴黎攜帶沉重的行李來到山區所始料不及的事。米歇爾建議我把行李放在店裡到附近去爬山逛逛，我只好接受，但我甚至無主張到是否要戴帽子，最後還是戴上帽子，讓米歇爾把行李提進店裡。

就像在瑟堡他們說的一樣，我像一隻獨自攀爬的小羊。我沒有目標，卻是我爬山走最多路的一個日子。我橫過一座山腰，走到一個寬闊的地方，看到凝固的冰層，我剝了一塊冰放進口裡解渴。後來我站在山坡上眺望迷濛不清的遠處。

我折返山口的市街時，尚皮耶倚靠在門邊等我。他臉上戴著墨鏡，身體很健壯，舉手招呼我，他向我問好，我向他問好。我拒絕了他的鑰匙，因為我想回巴黎。

「我很煩。」我說。

「妳來只為讓行李呼吸山氣？」

「不是。我現在亂七八糟，我要走。」

「我真搞不懂。」尚皮耶說。

我對他說我沒事的。他把行李給我，我說很抱歉，那麼下次再見了。

十六

我一個人在巴黎根本不知該做些什麼，覺得心不在焉。上山，單獨一個在那兒太難了，我受不了。現在我要怎麼辦呢？問題是一個人，我會緊張，這有點不太容易。往後的幾天假我總不能逗留在巴黎，假使我想交到朋友的話。其實，我什麼也不期待，只是想看看有什麼收穫。我真的不知道該不該留在巴黎。

我很意外的在露天咖啡座遇到久不見面的伊涵。真想不到，要不是她前來巴黎買東西在這路邊坐下來休息見到我在街道上閒逛。這一天，巴黎的天空充滿著鬱悶的雲彩；這一天，我走到塞納河的堤岸，那裡躺臥著許多上身赤裸的男人，我走過時，他們抬頭注視我。然後我走回市街，聽到有人喚著我，原來是伊涵。

我更驚奇的是伊涵說她又結婚了，她認為這是一個很大的進展，是認真的，而且生了小孩。

「他長得漂亮嗎？」

「還算漂亮。」

「妳高興嗎？」

「高興，也不高興。有的時候，到目前為止很困難，太難了，一言難盡，總之……。」

這是伊涵的感想，但我根本不能領會這些到底是怎麼一回事。而我的情形是：我去度了短假，回來，又走了，再回來，覺得自己空空的，彷彿是巴黎的一個白癡。

「我好想走，天氣好糟。」

「天氣會轉晴的。」

「我不管，」我對伊涵說。「我的房間天氣放晴就熱得要命。」

伊涵告訴我，她的內兄在比亞海濱有一幢房子，她要借給我。伊涵說他每年都借給她，但她現在不方便去，她得留在巴黎附近和先生在一起生活。

我聽到這話喜極了，直呼太好太棒了，但伊涵又說：那邊的確很美，那兒的人不複雜，但也不能保證。

十七

我在比亞的海濱度了幾日之後，我散步到一處崎嶇的礁石水邊，撿到一張紙牌，它是紅心傑克。在另一天的黃昏，我走過幾位坐在堤岸交談的人面前，清晰地聽到他們談話的語聲。

「我一直在讀汝勒．魏納的書。」

「你喜歡？」

「我讀過《海底兩萬哩》，非常沉悶。我現在重讀這本書，這本《綠光》，以前覺得十分沉悶無趣。」

我聽到《綠光》兩個字時轉回頭看他們，他們是四位年紀不等的婦女和一位年老留鬍鬚的男人，背著將落的太陽，坐成一排在交談。我在距離他們幾步的地方走下石階，但依然能聽到他們的話語。

「現在重讀起來，覺得《綠光》非常有意思。」

「我讀過它，覺得很好。」

我緩慢走下石階，移步到他們背後的石灰壁下面，坐在水泥台傾聽。

「我非常喜歡，覺得它像個童話。那位女主角，是童話的女主角，和灰姑娘或白雪公主一樣簡單。」

「是愛情故事嗎？」

「在愛爾蘭的愛情故事。」

「對，我以前很喜歡那裡。」

「你看過那本書嗎？」

「看過，在小時候，可是記不太清楚了。」

「你正在看嗎？」

「我看完了。其實，我並不喜歡汝勒・魏納。但《綠光》是本奇特的書，因為它是愛情故事，因為故事很浪漫，因為它的人物總是尋尋覓覓，很奇特。」
「對，總是在尋找某物。」
「你看過《綠光》嗎？」
「看過。甚至看過三次，一次在八、九歲，在拉勃勒。你們去過拉勃勒？」
「沒有。」
「那兒有個很優美的海濱，約有七公里長。我那時和父親在一起，他向我提到那本書。那天正好天氣晴朗，空氣很乾，沒有雲。他說：也許我們運氣不錯。就在這一次，我看到了綠光，只有幾分之一秒的時間，那是當球形的太陽落下地平線時的最後一瞬間，有一道彷彿綠色的閃光，像馬刀刃般橫向反射，美極了，但極短暫。」
「我們今天看不成了，你們看看天空，全是霧氣。」
「我們運氣不好，天氣又霧又陰的。」
「你們知道汝勒．魏納怎麼說的嗎？」
「他說人在看到綠光時，可以洞悉人的心思。」
「是的，那太好了。」
「若是真的，在看到綠光時，人的眼睛就變得格外清明。」
我把頭倚靠在石壁，閉目沉聽。
「書中的女主角就是如此。」
「她從沒看過《綠光》，最後卻能看清自己的情感，以及她所遇見的男人。」

我睜開眼睛朝海上的陽光望一眼。

「先生，您瞭解這種物理現象嗎？」

「非常瞭解，而且我看過幾次這種光。也許五次，很難得。這時在夏天仍無法看見綠光，因為氣象條件不合。譬如說，今天就看不到，因為霧氣太重，雲太多。想要看見綠光，就如我太太說的天氣要完全晴朗。」

「這種現象的原因是繞射或折射呢？」

「是大氣層的折射作用。」

「要我詳細解釋嗎？」

「要，要的。」

「好，你們看太陽，它並不真的在你們看到的地方。實際上，它在較低處。太陽的各光線在大氣中是彎曲的，太陽越接近地平線，大氣的折射作用便越強。當太陽好像接觸到地平線時，事實上，它已經在地平線下。太陽的光輪仍比地平線高一點，大約半度左右，是綠光形成的第一個原因。太陽各色光的分散作用，有如在三稜鏡中看到的一樣，當陽光透過三稜鏡會出現一個光譜，彎度最大的顏色是藍色。」

「藍色！」

「我本來要說綠色。不，綠色在藍色旁邊，有紅、黃、綠、藍、紫，但藍光及紫光很弱，人肉眼可看見的是黃光和綠光。正當太陽落下時，太陽光線便有點上升，然而藍光和綠光比其他的光較高，所以當太陽的光輪消失於地平線時，我們最後看到的光線是綠光，最美的綠光。」
「這使我想到書中的一個學者，叫什麼雅里斯托布魯斯．尤西羅科。」
「好麻煩的名字。」

十八

我在風景幽雅的礁岩海灣浴場認識與我鄰近的一位個性爽朗的女郎瑞兒。我的脾氣是除非對方先開口否則我從不和陌生人搭訕。她說：我說妳而不說您，抱歉，我說不好法語。

到此為止，我來到比亞還沒有相識任何人。不論何時何處，我在比亞所擁有的是悠閒和孤獨，但是我毫不怨言，因為這是我要的。我不知道我心中到底有何期望，似有似無，我都不想去驚動它。而我真正害怕的是像瑞兒那樣滔滔不絕的無所不談，好像那不休止的波浪和潮聲。她喜歡法國，認為這個國度一切都好，只可惜沒有時間好好認識它，這種情形正好與我平生生活在這個國度的平淡感覺有別。

「妳環遊法國嗎？」
「不是，我跟著飛機來，然後到西班牙去。」
「妳是一個人旅行？」
「對，我很喜歡這樣。」

比方說，我們從沙灘移到堤岸的平台時，她的身上只披一件外套，裡面全不穿內衣，她是沿襲在斯堪地那維亞人們在夏天總是半裸的習慣。而我則不然，離開沙灘，我的身上的衣服必須裡外俱全。我還發覺她頻頻看著海灘上或堤岸上的男人，甚至指給我看所謂英俊的男人。

「妳在看男人啊！」我說。

她說當然，她要看的是男人，她認為她一個人度假，得自其中找一個好的，最好的。

「妳有未婚夫嗎？」

「我的未婚夫？妳沒有嗎？」

「沒有。」

「真幸運。」

「為什麼？」

她說因為他們都很討厭，因為他們太容易吃醋，他不讓妳看別的男人，他們總是監視妳，跟蹤妳。但她又說獨身太久並不好，和一個男人在一起太久也不好。

「妳一直獨身嗎？」

「不是。妳訂過婚？」

「對，而且訂婚很久。可是現在沒有了。」

「發生了什麼事？」

「總之，就這樣。我現在一個人。」

「是他甩了你？」

「不是。」
「是妳離開他?」
「不是。」
「怎麼樣?」
「是生活的關係。」
「這很複雜。」
她有一套獨身的理念,她認為得好好把握假期,不能整天關在屋子裡,應該走出門外來。
「出門到那兒?」
「對啊!妳想不想跳舞?妳不覺得出來玩樂很好嗎?咱們去釣男人。」
「釣男人?!」
「當然是去釣男人。我現在好想釣一個男人。」
她指給我看一個很棒的傢伙,我表示贊同。
「但我知道我很難找到理想的男人。」
「妳的理想是什麼?妳喜歡什麼?」
「我的理想很浪漫。」
「那麼荷包不重要嗎?」
「不重要,荷包的確對我不重要。我一直以為不行,我的理想太浪漫了。」

「總之，妳喜歡燭光晚餐。」

「不是，不是蠟燭之類的玩意兒，我以為在海浪深處，會有……。」

我們換到一處可以坐下來喝飲料的露天座。我們都換過衣服，我戴上我的藍色無邊帽，她的頭髮上插著花朵。她問我怎麼知道某人在面前經過，一個英俊男人，怎麼去知道他，怎麼感覺他，當他走近來，開始和妳說話，妳怎麼知道妳愛不愛他，妳若不仔細看，妳怎麼知道妳會不會喜歡他呢？我說我當然仔細看，然而，其他的一切就很模糊了。

「為什麼模糊？」

「不知道。因為我注重行動的效果。」

我通常不主動，只是看著人們，從未採取具體的行動找某人，或去找某樣東西。她以為我期待別人自動上門，其實並不是，對我而言，這一切太模糊了。她說別人不會自己來，得採取主動才行。這種話我聽起來都太空泛，人家也對我說過同樣的話，巴黎的朋友也嚷過要主動，這一切對我都只是瞎扯。

「妳找過？」

「我覺得不應該去找。」

「妳感覺嗎？和別人說話時有去感覺嗎？妳感覺如何？」

「我感覺。」

「然後？」

「我一點也不封閉，我會聽別人的話。」

「可是妳有時會失望嗎？」

「當然，也不一定，如果沒有什麼特別的事發生，我就不會。我總是傾聽他們說話，看著他們。」

「然而，不敢馬上信任他們？」

「我敢。」

「我不會。」她說。

原來她不信任男人，她只和他們玩。我問她怎麼做到的，她認為要找一位正確的好人，不能馬上把心掏出來。

「那妳拿什麼和人家相處？」我問她。

她說我生活、自娛，注意別人的反應，然後做結論，決定好與壞，像玩牌，不能立刻出示底牌。

「可是我手中什麼也沒有。」我說。

「妳當然有，真是的。」

「我的確什麼也沒有。」

「可是妳不必難過，應該忘掉煩惱。」

「我並沒有想到什麼煩惱，妳在談底牌，我什麼也沒有。我若有什麼在手裡，人家早看到了，還等到現在嗎？妳以為人家在幹什麼嗎？」

「算了吧，別這麼想啊！」

「我和妳不同，妳看得出來，一切都好難。我沒有妳正常，對我來說，我毫無底牌，否則早被發現了。我被甩是正常的事，因為都是我的錯。我總是努力和別人溝通。」

「妳是嗎？」

「我一點也不封閉，我聽著，看著發生的一切，若人們不走向我，那是因為……因為我毫無價值。」

「戴芬，忘掉妳的煩惱吧！今晚咱們好好玩一玩。」她說：「坐在妳背後就有兩個男人看著我們。」

由於她的舉動很明顯，那兩個男人便對我們招呼：

「妳們好！可以和妳們坐嗎？」

「可以啊。」她興致勃勃地說。

他們端著杯子走過來。我望著坐在她旁邊的那個男人的右手很隨便地就搭在她的肩上。我冷靜而不動聲色地觀察他們的交談和舉動。

「妳冷嗎？妳是那國人？」

「我？我是西班牙人。」

「你會說西班牙語？」

「當然，妳也會嗎？」

「不會。我只說法語。」

「妳認為我是西班牙人？」

「不，不是。你是瑞典人，你明明是瑞典人。」
「偏偏不是。」
「芬蘭人？」
「才不是。」
「到底是那國人？」
「我是德國人。」
「妳是？」
「對，我說德語。」
她頭上的花掉落下來，他把它撿起來。
「妳喜歡花嗎？」
「喜歡，非常喜歡。」
「獻給妳。」
「這明明是我採的。」
「給妳。」
她接過他手上的花插回原來的頭髮上。
「妳叫什麼名字？」
「我叫蕾姊。」
我在沙灘上認識她的時候她說她是瑞兒。

「你們叫什麼名字？」
「若埃。」
「若埃。你呢？」
「我叫皮耶何。」
「皮耶何，這是馬戲團的名字。」
「不是。」
「是個小丑的名字。」
「對，是個白色小丑。」
「小丑，今晚要做什麼？」
「妳們幹嘛，我們就幹嘛。」
「我們也不知道要做什麼。」
「我們可以一起決定。」
「戴芬，妳在想什麼？」
「沒有。」我說。
「沒有嗎？」
「對。」我說。
她繼續和那位小丑打諢話，說他拿香煙的樣子好菜，問他把香煙放在那裡，他把香煙塞進汗衫裡貼住胸部，拍拍那個地方。

「戴芬，他們好好玩！」

我沒有回答。

「戴芬，戴芬很憂鬱，今天對她而言不是好日子。」

「為什麼？她怎麼了？」

「不知道。反正我們已決定玩一頓。」

她表示要去跳舞，問他們有沒有好地方。他們說海濱那兒有個小酒吧。當她和他們繼續漫無邊際地胡扯時，我感覺這一切都是浪費而忍不住地站起來，拿著我的提袋離去。

「戴芬！」

有人在背後叫我，追趕我的是原先坐在我旁邊那位比較沉默的男子。

「妳聽我說，請停下來。」

我停下來說：「我在聽，但煩死了。」

「我們四個人可以在今晚好好玩啊！」

我生氣地說：「什麼？我又不想和你們玩。」

「可以去聽音樂。」

「為何強迫我不想做的事？」

「我不知道。」他說：「但我被妳感動，我一個人，在這裡誰也不認識。」

「撒謊！我更不是你該認識的人。」

「我們可以一起閒逛，在沙灘上……。」

「我不要。」

「要。」他拉住我的手。

「不要。再見！」

我奮力掙脫和急速跑開使他不再緊追不捨。回到我住的屋子，我馬上撥電話給查號台，查詢比亞車站的電話號碼。

十九

翌日下午三點半，我急忙趕到比亞車站竟然沒有搭上預定的車班，我心中懊惱著糟蹋了這次假期。我在候車室等下班車也不能專心看書，因為我有點不喜歡走；我要回巴黎，可是又不太想離去，心中存在著矛盾和遲疑。這時我接到審視我的眼光和一張嚴肅冷默的臉，一個誠樸和穿著整齊黑色衣服的青年坐在我的斜對面長椅上。這一次我毫無害怕，時常有人對我注視或追蹤而令我恐懼，那是因為我感覺他們很不適合我，我本能地會加以排斥，但這個冷靜無惡意的男人卻使我也同樣對他感到好奇，我和他持續對視了幾次之後同時向對方發出試探的微笑。

「你對我的書有興趣？」我先開口說。

「對，可是我讀過了，是杜斯陀也夫斯基的《白癡》。」

我沒有拒絕他走過來請求要坐在我的身旁。他問我而我說是巴黎人在比亞度了幾天假。

他要到桑尚德律去度週末，但不停留很久，星期一得再做實習。他是做實習木器加工。我說我是祕書，但沒有什麼意思。

「我沒去過桑尚德律，很遠嗎？」

我覺得桑尚德律這名字好聽，有魅力，所以問他。

「很近，那兒很漂亮。」

「也許我可以乘夜車回巴黎。」

「當然，夜間火車。」

「我的意思是……我只想問你帶我去好嗎？」

我沒有想到我會這樣大膽，在桑尚德律的小漁港的堤岸散步時，我告訴他我對男孩很小心，我神經得很，我不再交男友，男人追我，為了一起喝一杯，也許還為了睡覺，我是一概拒絕。

「妳從沒追過男人嗎？」

「沒有。」我說：「我只追過你，也不知道為什麼，更不知道這樣做會變得如何。」

他問我那些男人是不是都愛上我，我並沒說他們都愛我，完全相反，他們不愛我，他們追我，但我知道那不是愛我，我很清楚他們要什麼，我知道一個男人的眼光落在我身上，他往往只看到表面的東西，他想要我把那東西給他，我覺得那太沒意思，少有男人的眼光是廣闊的，而且也讓我想要走向他，且給他……。

「你現在有愛人嗎？」

「沒有。」他說：「但我希望戀愛，我可能戀愛。」

「我很蠢。」我嘆息著。

「我不覺得啊。」

可是我自己覺得。我已很久沒有認識男孩子了，其實也是我自己要這樣，決定繼續孤獨。若不是跟一個真正和我……若跟一個不愛的人隨隨便便，當我回到家裡那會更寂寞。當我一旦和一個男人睡覺，我明知大家都互不在乎，雙方都會覺得失落，這樣比忍受寂寞還恐怖，這就變成彷彿生活的道德沒有規範，雖然孤寂地生活不再和男人有任何瓜葛，會使我萎靡，然而同時在內裡卻保留了一種純潔所擁有的那一點權力。我說：

「我總是做夢和等待，等待往往比真實好，真實會驅走希望。」

我們路經一家署名「綠光商店」的禮品店時使我望著它而駐足，某種心中的牽連令我會心的微笑，我這樣說：

「有一件非常奇妙的事……。」

「什麼？」

他依我的視線轉頭去看那家十分平常的店鋪。

「你不可能懂，你不會懂的。」

這時我直視前方遠處海岬矗立著的一座白色燈塔。

「你想和我去那邊嗎？」

他也看到那海岬和燈塔。

「我們去看落日。」我說。

我們費了很多時間走很長的路才到那裡。我們坐在石板凳上，面對著海洋，等待著日落。他突然問我星期一要不要工作，我說我還有幾天假期。他請求我陪他在貝揚附近過幾天，我認為他在跟我開玩笑，這使我頗為心疑。

「你為什麼要我和你過幾天？」

「因為我想……就是這樣……非常簡單……。」

「非常簡單？」

「我希望妳放鬆自己，跟我來，不會怎樣的。」

我沒有回答。

「妳不要嗎？」

「等一等。」

「那會使我非常高興。」

「等一下，請你耐心一點。」

「妳要等什麼？」

這時我看見平靜的海面上，日將落。

「你知道綠光是什麼嗎？」

「不知道啊！是什麼？」

我告訴他是落日的最後一道光，汝勒．魏納寫了一本關於它的書。

「我沒看過。它會帶來幸福嗎？」
「並不全然這樣，是會使人心心相印。」
我看他一眼，再望著前面落日前的景象。
「到底是什麼？」他問我。
「我待會兒再告訴你。」
「相印什麼？我很想知道。」
「我也是。」我說。
「我想我知道了。」他說。
我哭出聲來。
「妳在哭？」
「我不該哭嗎？」
「別哭，」他用手擦拭我眼下的溼淚。
我們看著前方，日落得很快。
「你看，」我說著，不停地哭著，把頭倚靠在他肩膀上。
「等一等啊！」
我們聚精會神地瞪著太陽沒入水平線，我驚奇地把手摀住嘴巴，因為我的心彷彿就要從口裡衝跳出來了。

何者藉她發聲呼叫我

——第十四屆國家文藝獎得獎感言

我不知道這事是否合適，當基金會向我表示可以由我指定一位頒獎人。我沉靜了片刻。我說任何人都可以嗎？沒錯，任何人都行，譬如……。他們說出前幾屆誰選了誰，許許多多，非常有趣。我笑了一下。你現在心中有了名單嗎？我微微點頭，但沒有開口；我的喉嚨已經不適合說話，發出來的聲音微弱緩慢又沙啞。他們都在等著和注視我。我說即使那人久違未見，也不明是否還在原地，如果能請來……。這幾年身體日漸老衰，時常躺下來，思緒就連到童年……。沒關係，你就說出來好了。好，我說：要是能在會場上相見，一定……。請你放心說出來。Akin，我終於說。突然間寂靜無聲，可能沒有聽懂和會意，只是瞪眼看著我。有個聲音說是阿琴嗎？我回答不知道，我說這是日文發音，至今也未知她真正的中文名，那時我們都說母語和日文。那時Akin叫我Takey；現在你們大家叫我七等生。大家終於明白了，似乎也鬆了一口氣。當我繼續回答他們進一步的追問後，基金會一下子忙碌起來，發動有關人員打電腦和影印，一張有色彩的通霄鎮街道地圖拿過來了。我拿筆指出一條名為仁愛路的街道；我住在這裡，連家 Akin 住這邊；同條街她在街頭我在街尾，相距約百多公尺而已。Akin 家是大家族，合開一家富村豆腐房，我才剛學齡年紀，Akin 看像是青春的姑娘了。

但是，為何？面對高大的基金會，我有什麼心血來潮呢？我說那時（昔日）每當我孤獨落寞（友伴家已搬走）行過連家屋外的寬長籬笆，要是適逢 Akin 正好出來看到我，一定叫我一聲 Takey！起先我聽到有人叫我時，就開始急急走開，或奔跑。Akin 開朗的聲音震撼和裂開我鬱悶窒息的心坎，我不高興別人知道我的心事，我家發生的事故。因為改朝換代，原先在役場（現今的鄉鎮公所）工作的父親被排擠出來，他失業後又染上天花躲在家裡；家裡生活產生了困頓，兩個弟妹被人抱走了。青少的大哥因戰爭轟炸的關係，耽誤進城去考專科卻跟歌仔戲班跑了，母親和姐姐在家編草蓆維持生計。我上學或放學走在街上走廊，就會有無數歧視眼光看我，指指點點說我是那個天賜（父名）的孩子……。

我稍年長一些，我會回應 Akin，轉身或回頭向她微笑，不再逃走。有一次，我到連家豆腐房去買豆頭（豆渣），Akin 從磨房那邊看到我馬上呼我一聲，且走過來，用木瓢往大桶裡掏了一大瓢，重重地倒在我雙手捧著的錫鍋。她說這給你，不用錢，你拿回去，我把五角錢放在桌面上，轉身就走，Akin 在背後喚我，我已經跑出門外了。當我在路上回頭看到她站在門口望我時，我已經走遠，快到家了。

全集出版後，我的心不思寫作；幾年來陸續賣了幾張畫給一位美國的猶太人，有了一點錢可以買醉，我自來不善讀書，卻巧遇了這段文字：

The eternal had broken through into time. Almost from the start the church made a clean departure from historical contingencies, straining forward to what lies ahead, …（引自 *The New Oxford Annotated Bible with Apocrypha*，一五四五頁末段）。

這返回到童年的我自己的老年思緒終於明白 Akin 是我最早生涯之路的 church（橋者；教會），何者藉她發聲呼叫我，關心我，視我有如我是她的親弟弟？之後，在我學習認知和成長的徬徨路上，有周寧、楊牧、馬森、張恆豪、蘇峰山……像 Akin 一樣，他們對我而言，又是何者藉他們豐厚才學的筆寫出瞭解我，詮釋我，維護我，當有人有意無意拋出石頭擊傷我的時候，他們義不容辭的挺身而出，成為我慚愧的心的 church。今天的基金會更是不折不扣的高大 church，有不怕他人責難和批評的評審委員，自信而負責任的大膽接受我，包容我（勝於肯定）。總之，我感激他們，猶如我感激神恩。

——二〇一〇年九月

七等生創作年表

七等生全集 12

INK PUBLISHING

寫給永恆的戀人手記

作　　者　七等生
圖片提供　劉懷拙
總 編 輯　初安民
責任編輯　黃子庭　孫家琦　林家鵬　宋敏菁　施淑清　陳健瑜
美術編輯　黃昶憲　陳淑美　林麗華
校　　對　呂佳真　潘貞仁　林沁嫺　林玟君

發 行 人　張書銘
出　　版　INK 印刻文學生活雜誌出版股份有限公司
　　　　　新北市中和區建一路249號8樓
　　　　　電話：02-22281626
　　　　　傳真：02-22281598
　　　　　e-mail：ink.book@msa.hinet.net
網　　址　舒讀網http://www.inksudu.com.tw

法律顧問　巨鼎博達法律事務所
　　　　　施竣中律師
總 代 理　成陽出版股份有限公司
　　　　　電話：03-3589000（代表號）
　　　　　傳真：03-3556521
郵政劃撥　19785090　印刻文學生活雜誌出版股份有限公司
印　　刷　海王印刷事業股份有限公司

港澳總經銷　泛華發行代理有限公司
地　　址　香港新界將軍澳工業邨駿昌街7號2樓
電　　話　852-27982220
傳　　真　852-27965471
網　　址　www.gccd.com.hk

出版日期　2020年 12 月　初版
I S B N　978-986-387-380-8
　　　　　978-986-387-382-2（全套）
定　　價　3870 元（套書不分售）

財團法人 新匯流出版中心 贊助出版

國家圖書館出版品預行編目資料

七等生全集. 12／
寫給永恆的戀人手記/七等生著 -初版. --
新北市：INK印刻文學, 2020.12 面；　公分
ISBN 978-986-387-380-8(平裝)

863.3　　109017982